黄帝神话传说

山西神话传说丛书

亢西民 毛巧晖 主编

黄金龙 亢西民 编著

山西出版传媒集团 北岳文艺出版社

·太原·

图书在版编目(CIP)数据

黄帝神话传说 / 黄金龙, 亢西民编著. —太原：北岳文艺出版社, 2021.9（2022.11 重印）

（山西神话传说丛书 / 亢西民, 毛巧晖主编）

ISBN 978-7-5378-6440-4

Ⅰ.①黄… Ⅱ.①黄… ②亢… Ⅲ.①神话—作品集—中国 Ⅳ.① I277.5

中国版本图书馆 CIP 数据核字（2021）第 174706 号

黄帝神话传说

黄金龙　亢西民 / 编著

//

出品人 郭文礼	出版发行：山西出版传媒集团·北岳文艺出版社 地　址：山西省太原市并州南路 57 号　邮编：030012 电　话：0351-5628697
责任编辑 贾江涛	传　真：0351-5628680 经销商：新华书店
书籍设计 张永文	印刷装订：山西人民印刷有限责任公司 开本：890mm×1240mm　1/32 字数：100 千字
印装监制 郭勇	印张：4.75 版次：2021 年 9 月第 1 版 印次：2022 年 11 月山西第 2 次印刷 书号：ISBN 978-7-5378-6440-4 定价：35.00 元

本书版权为本社独家所有，未经本社同意不得转载、摘编或复制

《山西神话传说丛书》
丛书编委会

主　　任　卫建国
副 主 任　亢西民　毛巧晖
成　　员　（以姓氏笔画为序）
　　　　　　万俊人　卫建国　毛巧晖　亢西民
　　　　　　白　宁　刘小明　刘同彪　李小刚
　　　　　　张　歆　陈勤建　范婷婷　秦作栋
　　　　　　高忠严　黄金龙　崔　楠　续小强

丛书主编　亢西民　毛巧晖
丛书副主编　高忠严　刘同彪　李小刚

总序

山西地处华北黄土高原，东有太行，西有吕梁，南临黄河，北凭古长城，物阜民丰，人杰地灵，自古就有"表里山河"之谓。山西有文字记载的历史长达三千年之久，素有"中国古代文化博物馆"之称。位于晋陕豫黄河大拐弯腹地的晋南地区，更是土地肥沃，宜稼宜穑。据考古发掘证明，早在旧石器时代，就有先民在此繁衍生息。当前，在我国发现的两百多处旧石器时代早期遗址中，有五分之四是在山西。其中最早、最具代表性的是山西芮城西侯度遗址中发掘出的火烧骨化石，证实了早在一百八十万年前，在此繁衍生息的中华民族先祖已经燃起了人类文明的第一把圣火。在运城夏县西阴文化遗址中发现的蚕茧化石，证明早在六千年前的晋南一带人们已经开始养蚕缫丝；在临汾襄汾县陶寺村西南发掘出的四千多年前的古城遗址，被学者们认为是当时东方世界规模最大的城市，很有可能就是帝尧的都城。此外，这里还有传说中帝舜和大禹的都城①，尚待考古发掘的进一步证实和探究。有鉴于此，文化学者们把晋南称之为"古中国"，而以此为中心的黄河流域便是中华民族当之无愧的发祥地和中华文明的摇篮。

在山西这片沃土上，千百年来就流传着无数优美动人的神话故事和传说。如女娲补天、帝尧教民掘井取水、大禹治水、黄帝斩蚩尤、后稷教民稼穑、嫘祖教民养蚕缫丝等等。在中国神话学界有所谓"昆仑神话""太行神话"②"蓬莱神话""楚神话"之说，其主体是"昆仑神话"和"太行神话"；而山西，特别是晋南和晋东南一带，正是"太行神话"流传的中心地。在山西省域流传的神话传说中，尽管包含和杂糅有前述三种神话系列的神话传说，但其核心部分则是太行系列的神话传说。因此，从某种程度而言，山西流传的神话传说，即"太行神话"，亦即上古中国的神话传说。

基于对中华民族传统文化、故土文化的热爱，山西师范大学"黄河民俗文化研究所"和"黄河文化与教育研究中心"的师生们，对山西省域内流传的神话传说以及民俗文化进行了长期、系统、深入的调查与研究，写出大量的学位论文和学术论文，本丛书就是在这些研究成果的基础之上进一步整理、加工、提升、撰

---

① 晋代皇甫谧《帝王世纪》："尧都平阳，舜都蒲坂，禹都安邑。"蒲坂，今山西永济古称；安邑，古代都邑名，位于今山西运城。
② 又称"中原神话"。

写而成的。

　　本丛书所辑录、整理和研究的神话传说，从主人公的出生地及故事流传地域几方面因素来考量，大致分为以下几种情形：一种是神话传说之主人公出生地在山西，故事原生地也多在山西，主要流传于山西某地或其他地区的神话传说，如帝尧①的神话传说、帝舜②的神话传说、后稷的故事、师旷的故事等等；一种是神话传说之主人公出生地在其他地区，但在山西留下大量活动的足迹，故事的原生地是山西，主要流传于山西或其他地区的神话传说，如黄帝的神话传说、大禹治水神话、姜嫄的故事等等；还有一种是神话传说之主人公出生于其他地区，故事的原生地也在其他地区，但在山西地区有着广泛流传的神话传说，如夸父逐日、仓颉造字等等。不管是何种情形，这些神话传说的共同特点是都有着积极的思想内涵。有的神话传说，如盘古开天辟地、共工怒触不周之山、女娲造人，所反映的是中华民族的先祖们尽管对当时所处的自然环境缺乏认识和了解，也无从对这些现象做出科学解释，但他们又渴望了解和把握这些现象，并且进一步做出化害为利、征服自然的积极可贵的尝试和努力；有的神话传说所反映的是先祖们在恶劣的

---

① 帝尧出生地，国内文化学术界除"山西临汾说"之外，尚有"河北保定说""江苏金湖说"等。
② 帝舜出生地，除"山西永济说"外，国内文化学术界还有"山东诸冯说""河南濮阳说""湖南永州说"。在今山西省永济市及运城市域内有许多与帝舜活动有关的地名，可视作"山西永济说"的佐证。

自然环境下，直面种种艰难险阻、生存困境，所表现出的勇于斗争、不甘屈服妥协的坚强意志和抗争精神，如愚公移山、羿射九日、大禹治水；有的神话传说反映的是先祖们在氏族部落时代，面对自然和社会的敌人，在战争中所体现的崇高英雄气概，以及在治国理政、处理种种人伦关系中所表现出的贤良美德，如尧舜禅让、杨家将故事与关公故事等等；有的神话传说则彰显的是先祖们长期以来同大自然与社会斗争的伟大发明创造，以及在其中所显现的聪明、才能、经验和智慧，如帝尧掘井取水、嫘祖教民养蚕缫丝、后稷教民稼穑、羲和制定天文历法等等。

在这些神话传说中，塑造出许多形象生动、性格鲜明的人物，如仁爱贤德治国为民的帝尧、三过家门而不入的治水英雄大禹、爱情真挚坚韧的牛郎织女、忠义仁勇的关公等等，这些形象已经深深镌刻在人们心中，成为一种深厚的民族文化积淀和鲜明的民族文化标志。同时，这些神话传说的艺术表现形式也非常优美，具有经久不衰的艺术魅力。如大禹治水的神话传说：大禹为根治水患，经年奋战，三过家门而不入，吸取父亲治水的教训，改堵为疏，而最终成功治水。故事情节曲折生动，十分感人。又如愚公移山的故事，把愚公与智叟进行对比，凸显出愚公朴实、坚毅的美好品质，故事富于哲理和教育意义。

这些神话传说具有浓郁的民族特色和地方文化特色。与古希腊以及其他西方国家民族的神话传说不同的是，这些神话传说的题材反映的多是先民在上古农耕生活中人与恶劣的自然环境之间，以及不同民族部落之间为争夺生存空间而进行的斗争生活；而作为航海民族和游牧民族神话传说中常见的航海冒险之类的英雄故事在山西神话传说中则十分罕见，由此而显现出上古时期我们先祖在黄河流域的生活状貌具有鲜明的农耕民族神话的特色。此外，这些神话传说中的英雄人物也与西方民族神话传说中的英雄人物不同，他们身上所彰显的不只是武艺高强、勇武善战、视死如归的个人品质和英雄风范，同时，还更多地展现出对民族（或氏族部落）的集体责任感和家国情怀，以及为人处世方面的品质和贤德。后世中国文学中的英雄与西方文学中英雄的差异由此开启先河。

这些神话传说，是中华民族的先祖生活经历以及认识把握自我和周围世界的经验智慧的结晶，是人类思维最早绽放的文明智慧之花，可以被视作当时人们生活的"元科学""元艺术"和"百科全书"。在千百年的流传过程中，人们把自己的生活体验、理想愿望、价值观念、审美理想凝聚其中，从而观照出中华民族成长繁衍的历史，其中深深地镌刻着中华民族的集体文化记忆，隐含着深厚的中华民族的种族基因，以及中华民族文化何以成为一种和合文化、伦理文化的深刻文化逻辑，从中我们可以找到解读中华民族文化符码的钥匙。

最后，需要我们特别说明的是，我们在搜集、研究、撰写山西神话传说与民间故事的过程中,广泛吸收和借鉴了国内许多专家和山西师范大学"黄河民俗文化研究所"师生们的研究成果;曾经受到来自山西师范大学、山西省文化科技相关政府机构以及北岳文艺出版社领导和编辑们方方面面的支持和关爱;山西师范大学文学院民俗学专业和比较文学与世界文学专业的研究生白宁、王静、卓琳、李欣静、闫慧芳、李娜、岳文凯、牛靖晶、李佳、王存弟、黄金龙、薛圆媛、杨海玉、崔楠等同学在前期做了大量的资料搜集和初步研究工作。在此,我们一并向他们表示真挚的感谢!因水平和能力所限,本丛书的不足和疏漏之处也在所难免,希望得到广大专家和读者的批评指正。

亢西民

2019年10月于尧都平阳

目录

导言 ··001

一 神话传说

（一）黄帝的诞生 ··009
（二）黄帝战蚩尤 ··012
（三）黄帝兴文治 ··021
（四）黄帝时期的发明创造 ··024
    制定与改良天文法 ···024
    制造与改良衣食住行等 ··028
    关于武器、文字和医学 ··031
（五）黄帝的长生和子孙 ··034

二 民俗与信仰

（一）黄帝祭祀的历史概况 ……………………………… 039
（二）历代黄帝祭祀仪式 ………………………………… 044
（三）历代祭文 …………………………………………… 049

三 文献与古迹

（一）文献资料 …………………………………………… 057
　　黄帝其人 …………………………………………… 057
　　黄帝的妃嫔 ………………………………………… 060
　　黄帝氏族的繁衍和散布 …………………………… 062
　　黄帝建都 …………………………………………… 065
　　黄帝与炎帝 ………………………………………… 067
　　黄帝与蚩尤 ………………………………………… 069
　　黄帝与刑天 ………………………………………… 074
　　黄帝的德政 ………………………………………… 075
（二）古迹景观 …………………………………………… 082
　　出生之地 …………………………………………… 082
　　黄帝建都之地 ……………………………………… 083
　　黄帝游历四方古迹 ………………………………… 085
　　黄帝合符之地 ……………………………………… 086
　　涿鹿之野 …………………………………………… 087

刑天葬地 ·············090
黄帝问道古迹 ·············091
黄帝陵庙 ·············092
嫘祖故里 ·············095
仓颉故里 ·············097
风后陵 ·············097

四　文化内涵

（一）黄帝文化内涵的核心：和 ·············101
　　中华民族的精神象征——龙 ·············102
　　中华民族的开放包容 ·············109
　　中华姓氏皆宗炎黄 ·············115
（二）黄帝文化的当代意义 ·············121
　　文化自觉与民族复兴 ·············122
　　炎黄文化与中国梦 ·············125
　　世界文化和谐共进 ·············128

参考文献 ·············133

导言

黄帝是古华夏族部落联盟首领，中国远古时代华夏民族的共主。言及黄帝，必与炎帝相连，中华民族五千年的文明史是从炎黄时代开始的，炎黄二帝在我国的山西、陕西、河南等北方地区留下了许多文明的足迹。据历史或历代传说，炎帝和黄帝的父亲是少典，母亲是有蟜氏。在黄帝之前，炎帝是天下的共主，炎帝作为农业文明的领袖在后来遭遇到了作为游牧部族领袖黄帝的进攻，这样黄帝与炎帝之间的战争不可避免地在阪泉之野打响了。这一场战争历时漫长，最终黄帝取得了胜利。炎帝失败以后，便离开中原向各地迁移，其部族大部分向江淮一带以至于长江以南，也有一部分向山东的海滨迁徙。炎帝失势以后，作为天下共主的地位岌岌可危，这时候，四方的部族蠢蠢欲动，其中在今天河南、河北、山东交界的蚩尤部落是最为强悍的，也是最具威胁的。神话传说中对"黄帝大战蚩尤"这场战争极尽渲染，其最终结果是黄帝历经艰辛取得了胜利，并最终取得了天下共主的地位。黄帝生二十五子,得姓者十四人为十二姓,可以说,中华民族的大多数姓氏都直接起源于黄帝,黄帝也被尊为华夏民族共同的祖先。黄帝部落与炎帝部落、蚩尤部落之间虽有很多的冲突,但是在冲突中也有融合,这最终形成了我国历史上最早的民族共同体——华夏民族。从历史的角度来看,无论是战争的胜利者还是失败者,都为我们中华民族的发展做出了贡献。炎帝最早发展了原始农业,发明了陶器,发明了医药和日中为市的交易市场。蚩尤部落发明了青铜器,把人类从木石时代带向青铜时代。而黄帝时代对中华文明的最大贡献是黄帝在执政期间集百家之所长,使华夏文明在这一时代绽放出灿烂的光辉。历数黄帝时代的功绩,其最伟大的功绩应该是造字、着衣冠和若干社会制度及行政制度的建立,这些标志着中国历史开始走向了文明时代,因此黄帝被称为中华民族的"人文始祖",炎黄时代应是中华文明的开端。

黄帝被尊为五帝之尊,见于司马迁作《史记·五帝本纪》:"学者多称五帝,尚矣。然《尚书》独载尧以来,而百家言黄帝,其文不雅驯,荐绅先生难言之。孔子所传《宰予问五帝德》及《帝系姓》儒者或不传。余尝西至空桐,北过涿鹿,东渐于海,南浮江淮矣。至长老皆各往往称黄帝、尧、舜之处,风教固殊焉。总之,不离古文者近是。予观《春秋》《国语》,其发明《五帝德》《帝系姓》章矣。"[1]司马迁作《五帝本纪》基本是

---

[1] 司马迁:《史记·五帝本纪》,中华书局,1959,第46页。

取材于《世本》《大戴礼记·五帝德》和《尚书》,其五帝系统是黄帝、颛顼、帝喾、尧、舜,而以黄帝为首,其次是颛顼等,皆是黄帝的子孙。随着《史记》的流行,黄帝实际上被尊为了中国唯一的至高无上的上古帝王。等到秦始皇统一全国以后,这个上古帝王就降落至人间当始皇帝了。从司马迁的观点来看,他虽然对五帝系统的说法存有疑虑,但还是肯定了《五帝本纪》,并将其作为十二"本纪"的首篇,也认可五帝开创的事业是中华民族几千年文明史的开端。而从人类历史发展的规律和地下文物的发掘来看,有些记载亦属言之有证,它为我们了解和研究远古社会,提供了某些线索和信息。

关于"黄帝"一词,历来有多种说法,其中一个观点是黄帝胜四帝(青、白、赤、黑)。黄帝之所以称黄帝,是因为"黄者,地之色"。这可以有两种解释:一为黄土地,说明黄土高原农业基地正是华夏文明的一个源头。又一种说法说"黄"是秋色,五谷成熟的金黄色、中和之色,自然之性。班固认为"黄帝始作制度,得其中和,万世常存,故称黄帝也"[①]。黄帝之黄,有接纳、融合与同化各部族之意,开创多元逐步向一统的格局之义,而"帝"乃天神之尊号,以显示部落联盟最高军事首领之尊威。按照"黄帝"一词原意,"黄帝"应是黄土高原上代表了农业部落联盟最高首领之尊号,可以是人名,也可以是部族名,虽然黄帝部族最早是

---

① 四川大学古籍整理研究室《白虎通疏证》,四川人民出版社,1997,第255页。

从游牧民族起源，但其贡献在于他（或他们）融合了周边氏族部落，扩大了领土疆域，在中原地区的开拓发展进一步促进了农业的发展，发明创造改良了众多的生活器用，给人们带来了无与伦比的恩惠。因此黄帝被尊为农业部落联盟最高首领是有缘由的。农业在彼时代的进一步发展，推动了华夏民族文明的进程。他是中国古史上划时代的英雄人物，最终成为人们崇拜的神，并被尊称为"黄帝"。

从黄帝的大一统到后来秦始皇的大一统，象征着历史的发展，象征着帝王德业日益兴盛，中华民族的不断壮大，各民族互相融合，四方殊俗日益统一，这就是中华民族借炎黄子孙表达的民族统一观念。

五帝时代是以黄帝时期为开端的，黄帝时期是中华民族历史的起源，而黄帝战蚩尤则被视为中华文明的起源，黄帝神话在山西神话体系中同样是不可忽视的，有着丰富的文化价值。

俯瞰山西之境，黄河自西向东流经西部、南部。山脉方面，山西东有太行，西部有吕梁山，北部有恒山，中有太岳山，南部有中条山，可谓之"表里山河"。受四周山川河流阻隔的影响，山西形成了一个相对独立的地域单元。明清之际的顾祖禹曾对山西的地形做这样的分析："山西之形势最为完固。关中而外，吾必首及夫山西。盖语其东则太行为之屏障；其西则大河为之襟带；于北则大漠、阴山为之外蔽，而勾注、雁门为之内险；于南则首阳、底柱、析城、王屋诸山滨河而错峙，又南则孟津、潼关，皆吾门户也。"① 山西内部山峦起伏、河谷纵横的特点，使其得以孕育了早期人类。山西境内有六大盆地：大同盆地、太原盆地、忻定盆地、潞安（长治、上党）盆地、临汾盆地、运城盆地，从这些盆地历史考证来看，这些地方皆有不同时期早期原始人类居住的痕迹。神话伴随着原始人类的出现而逐渐产生，山川河流为神话资源的产生提供了丰富的素材，因此山西悠久的历史文化孕育了丰富的神话资源。山西神话主要集中在这些盆地之中，尤以山西南部最为丰富。而山西地域的封闭性，保证了山西神话作为一个独立的文化系统得以传承保存。山西各处神话遗址的完整保存皆是明证。

《史记·五帝本纪》载："黄帝者，少典之子，姓公孙，名曰轩辕，生而神灵，弱而能言，幼而徇齐，长而敦敏，成而聪明。"② 是说轩辕氏生下来就很有灵性，幼年聪明机警，长大后诚实勤奋，成年以后见闻广博，对事物看得清楚。当轩辕氏当上了部落首领之后，他修行德业，"治五气，艺五种，抚万民，度四方……（研究四时节气变化，种植五谷，安抚民众，丈量四方的土地）③"。相较炎帝来说，黄帝存在的意义在于从炎帝的只重农业生产到注重物质与精神并重，因此他被称为中华民族的

---

① 顾祖禹：《读史方舆纪要》卷三九《山西方舆纪要序》，上海书店出版社，1998，第268页。
② 司马迁：《史记·五帝本纪》，中华书局，1959，第1页。
③ 同上书第5页。

"人文始祖"。黄帝地位定于一尊,是在与炎帝、蚩尤的两场重大战役之后奠定的。

在山西,流传在今运城地区最多的有关黄帝的神话是"黄帝大战蚩尤"。山西运城一带古称"蒲阪",传在这里,黄帝与蚩尤展开了激烈的战斗。最终的结果是黄帝在风后和女魃、应龙、玄女等的帮助下艰难取得胜利。作为战败的一方,蚩尤最终被分解身首,异地而葬。这里也被人命名为"解州"。蚩尤之血化为卤水,是为解州盐池。"蚩尤村",因村民是"蚩尤"部族的后代而得名。"风陵渡",其得名起源于黄帝的女大臣"风后"。风后死去被埋葬在晋陕交界处的黄河渡门。"风陵渡"也即指"风后陵"之所在。

据考证,黄帝大战蚩尤之缘起,是为了占领中原重要的战略资源——运城盐池之盐,这充分说明了这场战役对于中华文明发展的重要性。在这场战役中,黄帝部落在与其他部族的融合与碰撞中开创了许多新的政治、经济、文化制度,这些都极大地加快了华夏族的发展壮大。

一
神话传说

（一）黄帝的诞生

传说中的黄帝，是古华夏部落联盟的首领，是他奠定了中华文明的基础。黄帝所在的这一时期，因为战争和民族融合的原因，人类经历着快速的发展。在此之前，人们只是本能地应付自然，因而很少有可以纪念的事情，相关的历史故事也难觅其踪。司马迁曾经往西到过空桐，往北路过涿鹿，往东到过大海，往南渡过长江、淮水，所到过的地方，那里的老前辈们都谈到他们各自所听说的黄帝、尧、舜的事迹，风俗教化都有不同。总起来说，司马迁认为那些与古文经籍记载相符的说法，接近正确。司马迁又研读了《春秋》《国语》，它们对《五帝德》《帝系姓》的阐发都很明了，认为这些神话传说记述都不是虚妄之说。正如司马迁做《五帝本纪》时同样承认五帝的事迹或者"难言"，或者"不传"，或者内容"缺有间"，因为黄帝生活的年代已经离我们太过久远，但是我们总是可以在这些散佚的历史记载和神话传说中大致得到黄帝生活的诸多线索。

据神话传说和典籍记载，黄帝是有熊国君少典氏的儿子，其母亲名叫附宝，她有一天晚上看到绕北斗第一星天枢起了一道电光，照耀四野，因而怀孕。二十四个月之后黄帝诞生了，出生的时候，紫气满屋。相传黄帝的诞辰是三月初三，黄帝生下来大约七十天的时候就会说话，从小就聪明机警。还有传说讲，黄帝长大以后，身高过九尺，"河目隆颡，日角龙颜"[1]，总之有许多异于常人之处。

古史上对于黄帝的称谓，也说法不一。他的帝号叫黄帝，因为黄帝是皇天上帝的意思。黄帝又叫黄精之君，又叫中央之帝。传说中讲东方为木，其帝为太皞，句芒辅佐之，"执规而治春"；南方为火，其帝为炎帝，祝融辅佐之，"执衡而治夏"；中央为土，其帝为黄帝，后土辅佐之，"执绳而治西方"；西方为金，其帝为少昊，蓐收辅佐之，"执矩而治秋"；北方为水，其帝为颛顼，玄冥（禺疆）辅佐之，"执权而治冬"。黄帝即为五天帝中的中央之帝，因而还有传说黄帝生得四张面孔，可以同时看到东西南北之事，这样能很好地掌管四方。[2]关于黄帝的姓氏，据说是黄帝因为生于"轩辕之丘"，所以称轩辕氏。又因为他是有熊国国君，因此也称为有熊氏。因为他生长在姬水之边，所以姓姬。他是少典国君的子孙，因此又姓公孙。除此以外还有黄帝氏、帝轩、黄轩、轩黄、轩皇等名称，这些名字的由来大多

---

[1] 罗泌撰：《路史·后纪五》，清光绪二年刻本。
[2] 刘文典撰《淮南鸿烈集解》，冯逸、乔华点校，中华书局，1989，第87~89页。

与他居住的地方有关,可见黄帝活动范围的广泛。《史记·五帝本纪》说他"迁徙往来无常处,以师兵为营卫"①,这也说明黄帝所在的部族是游牧民族。他是有熊国君,有熊就是后来河南的新郑县。县西北有轩辕丘,又有黄水。《水经注》说:黄水出太山南黄泉,东南流经华城西……至郑城东北与黄沟合,注于洧水。②黄帝的名称又和黄水、黄沟有关。太山又叫自然山,应该是"有熊"的误称。《列子》上说"(黄帝)游于华胥氏之国"③,新郑附近有华城,有华阳亭,就是古华胥国。古书上往往说豫州有华山,豫州现在就是河南省。所说的华山,在洛水东边,大概就是现在的嵩山。现在的登封、禹、密数县间,古人称作华,这里又是夏朝的兴起地。我们从前称作华夏,就源于此。

---

① 司马迁:《史记·五帝本纪》,中华书局,1959,第6页。
② 郦道元:《水经注》,谭属春、陈爱平点校,岳麓书社,1995,第325页。
③ 张湛注《列子》,陈明校点,上海古籍出版社,2014,第33页。

（二）黄帝战蚩尤

黄帝战蚩尤是黄帝时代的重要事件，涿鹿之战被视为中华文明的起源。这一历史故事在神话中得以渲染，充满了传奇色彩。事实在黄帝大战蚩尤之前，黄帝和炎帝早已有一场规模不小的战争。据传说这场战争的起因是因为黄帝和炎帝各施行不同的"仁道"，为争夺炎帝天下共主的地位，因而一场大战也在所难免。这场战争被称为阪泉之战。炎帝使用的是火攻，他手下有祝融作为大将，又因为他自己是太阳神，因而用火摧毁敌人是最合适不过的了。传说作为天帝一方的黄帝本身是雷雨之神，主管雷雨，自然是不把炎帝的火攻放在心上。他统率着神兵神将，驱赶着老虎、豺狼、豹子、狗熊等野兽做先锋，拿雕、鹖、鹰、鸢等种种猛禽做旌旗，在阪泉之野的大地上向炎帝数次发起猛烈的进攻，炎帝被打得毫无还手之力，最终以失败而告终。当时的炎帝部落繁荣已久，代表着农业部族的发展，相对其他的部族来说势力相当强盛，而且地位较高，因此炎帝首领也被封为各部的共主。炎帝被打败以后，势力逐步减弱，到其后代参卢的时候，各部族纷纷起来争夺，里面最为强暴的是苗民，又叫"九黎之民"（他们并不是现在的苗族）。他们散布的区域和炎帝所在的部落大致相同，或者是还偏西南，首领叫蚩尤。他们和炎帝部落杂居，不免会血统混合，因此有的古书也把他们认为是炎帝之后。传说中的蚩尤是一个勇猛的巨人族的统称。蚩尤一共有八十一个或七十二个兄弟，都长得面目狰狞，铜头铁额，兽身人语。还有的民间传说讲蚩尤"人身牛蹄，四目六手"；还有的说蚩尤的头上长着尖利的角，耳朵旁边竖着像剑戟一样的毛发；甚至有的说蚩尤生来就是八只手、八条腿。总之是异于常人。

传说中的蚩尤不仅长相奇特，吃的食品也很奇怪，沙子、石头、铁块都是他爱吃的东西。但这个部族的文明并不落后，传说他们是最先使用铜器的部族。据说有一次山上骤发大水，金属矿随流水冲出，蚩尤得以制造兵器。蚩尤族善于制造各种兵器，包括矛、戟、斧、盾、弓箭等，这在当时是处于领先水平。

炎帝失去共主的地位以后，蚩尤便想着凭借自己强大的武力和黄帝争夺天下共主的地位。这场战争旷日持久，蚩尤部族勇猛的战斗力和先进的兵器，使得黄帝和蚩尤的战争异常激烈。黄帝虽然有一大群野兽作为先驱冲锋陷阵，又有四方的鬼神和一些勇敢的民族来帮忙作战，但在蚩尤部落强大的武器面前，也只能连吃败仗。

传说，蚩尤变幻莫测，有呼风唤雨还有吹烟喷雾的本领。有一次正当双方军队激战的时候，蚩尤使用了喷雾的魔法，顿时漫天遍野大雾弥漫，黄帝的军队被大雾笼罩，找不到方向。趁着白茫茫的大雾，蚩尤的军队冲进去逢人便砍，见人就杀，直杀得黄帝的军队人仰马翻，四窜逃命。黄帝站在战车上声嘶力竭地喊："冲出去啊！"四方的鬼神也应和着："冲出去啊！"可是冲杀了半天也没有人逃出这大雾的包围。

正当黄帝一筹莫展的时候，一个名叫风后的臣子，却正在战车上微微闭着眼睛，仿佛正在打瞌睡。黄帝看到此情此景，不禁怒从中来，责问他在这紧急的时候还有心情睡觉。只见风后不紧不慢地说："我打什么瞌睡，我正在想办法呢！"事实上，风后正在想北斗星的斗柄为什么能依着时序的不同而变换它所指的方向，假如能发明出这样一种东西，不管他怎样东转西转，总能指着一定的方向，那么其余三个方向也可以定出来，问题不就解决了吗？于是，他在战场上运用自己鬼斧神工的本领，替黄帝造了一辆"指南车"。指南车的前面设着一个小仙人，小仙人伸出的手臂永远指向南方。就是靠着指南车的引导，黄帝才得以率领他的部队，最终冲出大雾的重围。

在蚩尤所统领的军队里都是一些魑魅魍魉等山精水怪，这些魔怪有一种本领，就是会发出一种会迷惑人心智的怪声。人听了这种声音就会变得昏昏欲睡，不自觉地跟着精怪走，最后被这些妖魔鬼怪吃掉。这些妖怪大致有三种：一种是魑魅，长着一副人脸，却是野兽身子，还有四只脚；还有一种是魍魉，面似一个三岁小娃娃，长长的耳朵，红红的眼睛，一头乌黑光亮的长头发，全身黑里透红，喜欢学人说话的声音，用此来迷惑人；最后一种称作神魔，也是人脸兽身，却只有一只手一只脚，嘴里发出的声音好像是在打哈欠。这三种妖怪都不是好惹的东西，黄帝的士兵被他们迷惑了不计其数，战争形势再次对黄帝不利。就在不久之后，黄帝不知道从哪儿打听到这些妖怪虽然喜欢发出怪声来迷惑人，但是他们自己却极其害怕一种声音，那就是龙的声音。于是，黄帝灵机一动，就命令他的士兵们用牛羊角做成一种军号。军号一搬到战场上，那发出的低沉的龙吟般的叫声响彻整个战场，吓得蚩尤统领的精怪们躲得远远的，再也不敢胡作非为了。黄帝的军队乘胜追击，终于赢得了一次小小的胜利。

但是蚩尤的大雾还是没法散去，对此黄帝一筹莫展，这时黄帝突然想到他的一条神龙名叫应龙，能蓄云行雨。黄帝心想：蚩尤能施大雾，应龙能下大雨，大雨不是正好能扑灭大雾吗？而且那些魑魅魍魉不是最害怕龙吟吗？应龙来了，这不是一举两得吗？于是黄帝就马上派人去叫应龙来帮忙。

应龙一来，马上就参战，开始攻打蚩尤。只见他展开巨大的翅膀，在空中摆起了行云布雨的阵势。没想到蚩尤早已探听到应龙会战的消息，早已请回了在西泰山大会天下鬼神时结交的朋友风伯和雨师来帮忙。战争形势瞬间扭转，一场狂风暴雨袭来，直打得应龙连连败退，根本无法施展自己的本领。狂风暴雨都向黄帝这边潮水般地吹打过来，黄帝的军队被吹得站立不住，纷纷四散溃逃。站在小山顶上的黄帝看到这样的场景,没有办法,只得叫一个叫作"魃"的随军的女儿前来助阵。

"魃"长得不是很漂亮,喜欢穿着一件青衣服,据说她还是个秃头,但是她的身体里却充满了热量,温度能达到将近一千度。她一走上战场,刹那间狂风暴雨都化成了蒸气,加之当时烈日当头,炎热得比下雨前还要厉害,蚩尤的兄弟们受不了这样的炎热,一个个惊慌失措,四散奔逃,应龙趁机扑杀过去,结果了蚩尤的几个兄弟和很多精怪。

蚩尤凭借着飞越天空和行走峻岭的本事,虽然在战场上折损了几个弟兄,甚至损失了一些精怪,但庆幸的是大部分还活着,部族的势力依然强大。黄帝对这些凶狠的敌人也没有办法,随着战争的旷日持久,黄帝部族士兵的士气也逐渐低落,他不得不寻找新的办法获取胜利。

黄帝又听闻在东海的流波山上,有一种叫作"夔"的野兽。"夔"长得像一头没有角的牛,苍灰色的身体,却只有一只脚。每当他自由出入于海水之中的时候,必然会带来狂风暴雨,他张着嘴发出的巨大吼叫像极了打雷的声音。黄帝就把它活捉过来,剥了它的皮,用他的皮晾干后蒙成了一面鼓。

有了军鼓,但还缺少一个鼓槌。哪里去找呢?于是黄帝又想到了雷泽中的雷神。雷神又叫雷兽,是一个龙身人头的怪物,终日没事干的时候就会拍打着自己的肚子玩耍,每拍一下肚子天空就会发出一个响雷。黄帝为了战胜敌人,也派人把他捉了过来,把他杀了，从他体内取出一块最大的骨头当作鼓槌。

于是，黄帝就用雷神骨头做成的鼓槌敲响夔牛皮制成的军鼓，军鼓的声音果然比打雷还要大，几百里以外的地方也能听到。

黄帝得意洋洋地把这面军鼓搬到战场上，一口气擂了九通，顿时声音震天，天地变色，黄帝的军队一下子士气大振。蚩尤的军队却被这震天的鼓声吓得魂飞魄散，四散逃窜。黄帝乘胜追击，打了一个大大的胜仗，趁机擒杀了好多蚩尤兄弟和士兵。

经过这一次的失败，蚩尤部族可谓损失惨重，已经不到半数的人马，不投降就会被歼灭，可是部族的人还是没有一个人愿意投降。这时有人提议去找北方的巨人族，试着找夸父来帮忙。

夸父族族人们都是身材高大的巨人，身上有无穷的力量，耳朵上挂着两条黄蛇，可是他们的性情却很和善。据说他们是大神后土传下来的子孙。

蚩尤族的使者在北方见到了夸父族的人，请求他们帮忙一同与黄帝作战。夸父族是后土的子孙，而后土又是炎帝的苗裔。炎帝被黄帝打败，失去了天下共主的地位，早已引起夸父族人对黄帝的不满，于是答应了蚩尤的请求，马上着手部署军队，投入黄帝与蚩尤的大战当中。

有了夸父族的帮忙，蚩尤部族的声势又重新振作起来，很快就与黄帝的军队形成了势均力敌、不相上下的局面。

正在黄帝一筹莫展的时候，有个叫作玄女的人头鸟身的仙女来见黄帝，向黄帝传授了兵法。黄帝得到了玄女的传授，军队的力量一下子变得强大无比。黄帝得到玄女的启示，从昆吾山获得火一样的红铜，用它来打造宝剑，这些红铜造成的宝剑经过锻造最终变成青色，发出逼人的寒气，像水晶一样透明，削铁如泥。得到兵法的黄帝配上锋利的武器，刹那间变得势不可当。勇猛无比的蚩尤和夸父，也只是空有力气，终究是败给了黄帝的谋略，所以节节败退。在最后一场战争中，残余的蚩尤和夸父的队伍全部落入了黄帝军队的包围。这时候，战场上空的应龙大显神威，他翱翔在天空，发出低回的龙吟，杀死了蚩尤和许多夸父族人。黄帝的军队逐渐合围上来，终于把那个铜头铁额的蚩尤首领，生生地活捉了回来。

被活捉的蚩尤首领，最终逃不过被杀的命运。黄帝马上就把他杀死在涿鹿。据说杀蚩尤的时候黄帝怕他逃跑，一直没有把他手脚上的枷锁去掉。直到蚩尤彻底死了以后，才把他身上被血染的枷锁摘下，扔在了大荒之中，这些枷锁后来变成一片枫林，每一片叶子都是鲜红的，据说是蚩尤枷锁上的斑斑血迹。

当然，还有这样的说法，黄帝活捉了蚩尤以后，砍下了他的头，使他身首异处，所以后来这个地方被称作"解"，就是现在山西运城盐湖区的解州镇。附近有一座盐池，叫作解池，周围有一百二十里宽广，池里的海水呈红色，人们说那是蚩尤被杀时留下的血。蚩尤的身子则被搬到如今的山东去，在寿张县和巨野县两处分别埋了起来，修造了两座坟墓，以免它死后继续作怪。寿张县埋葬的是蚩尤的头，坟高七丈，古代那地方的居民总是要在每年的十月祭祀蚩尤。据说每到这个时候，都会有一道红色的雾气从墓顶冲出来，直冲云霄，好像悬挂的一面旌旗，人们把它叫作"蚩尤旗"。失败的英雄也许还在为自己的失败而怒气冲天。而巨野县的蚩尤墓埋葬的只是蚩尤的身躯，又叫"肩髀冢"，大小和寿张县的差不多，却没有什么精怪传说。

  蚩尤灭亡以后，各地诸侯慑于黄帝的威势，都纷纷尊推黄帝代炎帝为天下的共主。只是各国并立，最不容易安定。黄帝大胜以后，精神也开始懈怠，渐渐地四周较远的部族又开始不安起来，四方渐渐多事。黄帝觉察到以后，就把蚩尤的画像送给他们观看，意思是：你们不要忘记蚩尤的故事，即使他们那样凶猛，而今也不在了，而我们却是征服蚩尤的人，俘获了他们的兵甲，你们要量力，不要想着轻举妄动推翻我。另一面黄帝立即整顿军队，讨伐作乱者。这些作乱者当然是不堪一击，黄帝才算是真正地平定了当时的世界。黄帝的疆域得到了空前的扩大，《史记·五帝本纪》记载：

  披山通道，未尝宁居。东至于海，登丸山，及岱宗。西至于空桐，登鸡头。南至于江，登熊湘。北逐荤粥，合符釜山，而邑于涿鹿之阿。迁徙往来无常处，以师兵为营卫。①

---

① 司马迁：《史记·五帝本纪》，中华书局，1959，第6页。

西边到空桐，大约达到现在的河南省西部。南边的熊湘，就是后来称为熊山的河南熊耳山。东到于海，登泰山。北边到了现在的山西南部。黄帝常在釜山朝会诸侯。釜山大概就是历山。经过炎帝的开辟和耕种，涿鹿附近当时的农业已经有了相当的规模，农民开始定居，形成一个又一个的村落堡寨。黄帝在原来的基础之上，开始建造城郭，发明水井，改善饮食，人民生活逐渐安定。

（三）黄帝兴文治

黄帝战胜了蚩尤，把蚩尤的首级砍了之后，仍然觉得不甘心，他把那些跟着蚩尤造反的苗民也通通杀掉，发泄心中的愤恨。但是人民终究是杀不完的，人民的生命力是如此的顽强，而南方苗民的势力依然强大。黄帝开始意识到对于一个稳定的政权，武功纵然可以安邦，而稳定邦国，凝聚民心，还是靠文治，这两者是缺一不可的。而无论武功还是文治，人才最重要。据说黄帝的贤臣有很多，他也经常向大填、封钜、岐伯这样的师友请教，也向太山稽、常先、大鸿等人请教过很多治政的问题。作为一个游牧民族，要向农耕民族转变，黄帝意识到了农业人才的重要性。在经历战争的大乱之后，各部族均有很大的迁动。对于农业来说，土地界限的划分又是关键的问题。黄帝既已成为共主，如何平均分配土地，成为了当前首要考虑的问题。于是黄帝命令风后着手分割土地事宜，并区分大小国。黄帝时期的部族还有很多，自从黄帝成为天下共主以来，确立了中央的地位，于是大家相安无事，开始了定居生活,开辟农田,建造房舍。为了增强部族之间的往来,黄帝还发明了舟车,平整道路,为交通提供便利,这样处理事务也相对容易一些。为了监视周边万国,黄帝还叫两个大臣来帮他处理和监视他们,这样一来国与国之间土地也得到了合理的划分,逐渐明确了各自的界限,传说后来黄帝的这一举措成为了井田制的萌芽。

法律方面,黄帝依然沿用了当时已经推行的刑罚,主要有"大辟""劓""刖""宫""黥"五种,还有一些刑罚是次要的刑罚,是在蚩尤作乱以后制定的。黄帝时期设有李官,专司刑法。黄帝所封的官职都以云来命名,军队为云师。他还设立了左右大监,由他们来督察各诸侯国。除了设立治理人事的官以外,为了维护自己的地位,黄帝还有司天地、祭奉神祇的官。自古以来,祭祀山川鬼神要数黄帝时最多。司天的主要职责是根据观察天文来制作历法,历法对于农业生产来说十分重要,因此司天最初被视为农耕的领导者,自然的控制者。这一时期有黄帝历法流传于后世。至于祭祀,这是属于宗教方面的事。祭祀神祇设有专门官员,属于行政的一部分,这些官员不能干涉民事。只有这样,才能保证民族不会产生迷信的思想,而神也能保持自己的高尚纯洁,不会掺杂进人的阴谋诡计。双方各守着自己的职分,也能专治自己的事情,而人也不敢做出亵渎神的举动。神对人只是普遍的降福,赐给他们丰收的五谷,而人对神祇要拿出祭品供奉。黄帝既然作为共主,是政治的领袖,是全民的代表,因而他可以祭天求福，求农事丰年，而不关乎他自己的私事。在这一方面，黄帝亲力亲为。在泰山上"封禅"，是古来有之的典礼，据说在黄帝之前就已经有人举行，黄帝曾多次在泰山"封禅"。种种山川鬼神应有的祭祀，他都做到虔诚执行，因此得到了人民的敬仰和上天的赐福。

黄帝执政期间劳心劳力，事事亲力亲为。在他活着的时候，人们得利百年。在他死后，人们依然使用他教导的方法。

（四）黄帝时期的发明创造

黄帝所处的时代，部落混杂，社会动荡，变化频繁。黄帝战胜蚩尤以后，面对大乱之后的新时期，迫切需要新的措施来维护统一局面，于是黄帝集合各部族的方法加以利用、改良和发明创造。可以说，他新创的东西很多是在各部族原有的基础上加以改良和混合的成果。

制定与改良天文法

《世本》中载："黄帝使羲和占日，常仪占月，臾区占星气，伶伦造律吕，大挠作甲子，隶首作算数。容成综此六术而著调历也。"[1]古时的人，对于天文上的事情总是怀着敬畏和疑惑的心情，对于白天东升西落的太阳，夜晚阴晴圆缺的月亮，心中总是充满

---

[1] 宋衷注《世本》，茆泮林辑，中华书局，1985，第108页。

了疑惑：它们究竟是怎么回事？它们是怎样变化的？它们和我们人之间又有怎样的关系？他们想当然地认为天和人一样，有着某种神秘的联系。这样，天文学就诞生了。黄帝时期的历法是为了适应当时农业生产的需要而产生，用于指导农业生产，当然，在很多时候天文学和占星、推测灾祥的学说联系在一起，当人们看到一颗流星拖着长长的尾巴划过天际的时候，总是会显得不安，认为是不是这预示着有不好的事情发生。于是就有了天人相应的说法。地上的人作恶事，天上就会有异象对应，天有异象产生，人就会有异象对应。天与人密不可分，相应相生。

羲和占日

《山海经》说："有羲和之国，有女子名羲和，方浴日于甘渊。羲和者，帝俊之妻，生十日。"[①] 传说中的羲和是一位女神，她所生的十个孩子就是十日，据说太阳是坐着车子东升西落的。羲和是车夫，她驾着六条龙拉着的车子载着太阳来回往复。到了黄帝、尧的时代，就把羲和作为占日的官名了。羲和的职责就是推测太阳的运行，属于历法的一种。

常仪占月

《山海经》说："有女子方浴月。帝俊妻生月十有二，此始浴

---

① 《山海经》，郭超主编《四库全书精华·子部》第三卷，中国文史出版社，1998，第2695页。

之"。① 羲和生十日，是说他分十日为一旬，或者是用甲、乙、丙、丁等天干来命日，一旬一轮回。而常仪生十二月，是说常仪把一年分为十二个月，也有用子、丑、寅、卯等十二个地支来命名月，所以羲和与常仪有许多共同之处。

臾区占星气

臾区又叫鬼臾区，又叫鬼容区，据说是黄帝的一位大臣。上文说到古人对应星象或者天上的一些变化认为与人有着互联的关系，是谓"天人合一"。因此臾区的职责就是根据还要看星光的昏明、流星、陨星，来推测是祥兆还是灾异，或者通过看天上云的色彩、形状，风的方向、疾缓，来推定未来要发生的事。

伶伦造律吕

传说伶伦从大夏的西边，一直走到昆仑山的北面，在山谷间选取竹子。他把那正直中空、厚薄均匀的竹子，从两段竹节当中截取一段出来，长度是三寸九分，吹出声音定为黄钟的律调。然后按照比例制作了十二支竹管，伶伦把这十二支竹管带到昆仑山的脚下去听凤凰鸣叫的声音，用来区别其他十二种不同的律调。凤凰果然鸣叫了起来，雄的叫了六声，雌的也叫了六声。伶伦根据凤凰鸣声的差次比例比照所定黄钟的律调，恰恰相谐。于是，他按照黄钟的律调，参考凤凰的鸣声，使十二支竹管长短有差，定下了十二种不同的律调。这就是伶伦造乐律的经过。

---

① 《山海经》，郭超主编《四库全书精华·子部》第三卷，中国文史出版社，1998，第 2697 页。

黄帝还命伶伦和荣将铸了十二口钟，十二口钟用来配合宫、商、角、徵、羽，用于《六英》《九韶》等大乐的演奏。值得提到的是在仲春二月乙卯的那一天，太阳出现在奎星方位的时候，黄帝正式开始以铸造的这十二口钟为主，演奏了一场宏大的乐曲，这就是传说中著名的《咸池》。"咸池"本指天上的一个星座，是谓天池，它大概不仅是包含音乐的演奏，还兼有舞蹈的表演，被认为已经有了戏剧的雏形。天乐演奏的总指挥，主要是伶伦，所以后世把戏剧演员包括乐师、导演等人统称作伶官，大约就是从黄帝时候伶伦制定乐律、演奏乐曲流传下来的。

大挠作甲子

相传大挠是黄帝的史官，黄帝曾以他为师。甲子就是后来的干支。以干支记日，来源很古，十干就是甲、乙、丙、丁、戊、己、庚、辛、壬、癸；十二支指子、丑、寅、卯、辰、巳、午、未、申、酉、戌、亥，容成最初仅用天干，后来又配上地支。干支相配，可以记六十日，这样六十日的名称也像数字那样不容易写错，甲子绝对不会记成乙丑，比初一、初二这样的记日方式更不至于混淆。更大的好处是每当历法发生变化的时候，能够保证后代在参阅前代历法时，不致发生错乱。甲子一周六十日，连续不断，绵延不绝，确实是伟大的发明。

隶首作算数

隶首是黄帝的史官，他同时又是一位算学家。离开实物，数字完全是抽象的东西，先民很难把握一、二、三、四究竟是什么。

先民对于它的发明，用了很长的时间。音乐在各民族中最早出现。后来古人发现七音（或十二律）和数有很密切的关系，这种关系可以拿竹管和丝弦的长短或钟的容量来表示。比如说商比宫是8∶9，拿九寸的作宫则商管长八寸，拿八寸一分的作宫则商管长七分二寸。人们逐渐发现这一种比例关系显示了数之间有独立性。古人把音律和数合讲，后来又说度、量、衡等数量概念全是由音律推衍出来，是有历史根据的。当时文明急速进步，算数为适应新时代的发展便应运而生。

容成作调历

传说中的容成，有的说他是黄帝的臣子，还有人说他是以前的古帝王。关于历法，羲和造历、神农造历的歧说很多。容成是结合前人的成绩修整条理制成新历，后人承袭他的法则不断对历法加以改进。

制造与改良衣食住行等

制衣冠

黄帝杀了蚩尤以后，就作了一首乐曲，名叫《棡鼓曲》，共同庆祝战争的胜利。正在庆祝的时候，披着马皮的蚕神从天空飘然而至，手上捧着两绞丝，一绞黄的像金子，一绞白的像白银，前来献给黄帝。黄帝见了这美丽的东西，大加赞赏，便叫人把这些织成绢子。织成的绢子又轻又软，好像天上的行云、缓缓的溪流。黄帝的臣子就拿这些丝织的绢做成衣裳，黄帝本人也用它做成帝王的礼帽和礼服。黄帝的原配妻子嫘祖，为了让蚕吐出像蚕神献来的那样能织成行云流水般又轻又软的绢子的蚕丝，开始亲自养蚕，人民也纷纷效仿，于是蚕越来越多，后来遍及大地。采桑、养蚕、织布成了中国古代妇女的专业。

《世本》说，"黄帝臣于则作扉履"[①]，说的是于则制作了鞋子。总之，在黄帝这一族里每一种服饰都有传说的发明者。

铸造镜

据说黄帝和西王母在王屋山相会的时候，有人铸造了十二面大镜子，来照见华堂盛宴隆重的情况，在一年十二个月中，按照不同的年份，使用不同的特制镜子。又传说黄帝铸造的镜子，是十五个比较小的镜子，第一个镜子直径是一尺五寸，依照月满的数字原则依次递减，最后一个镜子直径刚好只有一寸。

善饮食

古人最早受生活的限制往往选择靠近河流居住，游牧民族也同样逐水草而居，农人也只能沿溪流发展。《世本》说伯益或是黄帝发明了井。而井的发明，打破了以往人们追逐河流的生活方式，农业可以广泛地展开，人民开始定居。在黄帝之前，是燧人氏首先发明了火用来烧烤熟食。农业发展起来以后，五谷也需要熟食。但从前烧烤生肉的方法对五谷来说并不适用。收获五谷，

[①] 宋衷：《世本》，中华书局，1985，第110页。

需要去壳磨碎，这就迫切需要新的工具，于是黄帝命雍父折断木头做杵，在地上挖坑做臼。这样一来，可以把米和高粱的壳去掉，解决了这一难题。

造宫室

原始人穴居野处，后来学习鸟在树上构木巢，巢上面加一层遮蔽物，以遮挡风雨，慢慢形成房屋。房屋的样式经过许多变化，有的说是黄帝"伐木构材，筑作宫室，上栋下宇，以避风雨"[①]。传说中明堂是黄帝发号施令、祭祀鬼神的地方，是古时的宫廷和庙宇。据说黄帝的明堂，中间有一殿，四面无壁，上盖茅草，垣墙的周围是水。总的来说黄帝时期的住所是很简陋的，黄帝时期的住所在墙的周围引水，具有防御的功能，因此后来的城市建造往往建护城河作为防御，也是从这里起源。

造舟车

《易·系辞下》说："黄帝、尧、舜……刳木为舟，剡木为楫。周楫之利，以济不通，致远以利天下。……服牛乘马，引重致远，以利天下。"[②] 最初的舟楫相当简陋，是找一段大树干把它挖成槽，把它推到水里就是船，再随便找一根树枝就可以做楫。舟的发明者也是有很多，如巧倕作舟、虞姁作舟、共鼓、货狄作舟多种说法。传说中车的发明者也是黄帝，黄帝作车，引重致远。少昊时驾牛，

---

① 陆贾撰，庄大钧校点《新语》，辽宁教育出版社，1998，第 1 页。
② 《周易正义》，载〔清〕阮元校刻：《十三经注疏》，中华书局，1979，第 74 页。

禹时奚仲驾马。

关于武器、文字和医学

武器的产生是与战争紧密相关的，因此黄帝时期的各大战争催生了许多武器的产生。武器最初用木棒，后来人们学会琢磨硬石为战斧。到了黄帝战胜蚩尤，黄帝开始利用蚩尤部族精湛的铸铜技术制造兵器，这是人类历史上的巨大进步。文字相比武器发明略晚，据说上古结绳记事，是说人们用种种式样的绳结来表示繁复的事情，最终这些绳结变化为象形的简单图画，或是刻在木板上的符号，渐渐形成文字。黄帝时期关于文字发明最多的故事便是"仓颉造字"。这一故事与历史记载在后文有详细介绍，这里不做重点介绍。

造弓矢

古人讲："弩生于弓，弓生于弹，弹起于古之孝子。……古者人民朴质，饥湿鸟兽，渴饮雾露。死则裹以白茅，投于中野。孝子不忍见父母为禽兽所食，故作弹以守之，绝鸟兽之害。"① 弓生于弹这个故事所说的是弓是孝子为守护父母的尸身而作，从一定程度上说明弓的发明与投掷禽鸟有一定关系。其发明应起源于先是用手掷土块石子，后来开始利用树枝的弹性做弓。据说挥和

---

① 张觉译注《吴越春秋译注·勾践阴谋外传》，上海三联书店，2018，第230页。

牟夷都是黄帝的大臣，倕又叫巧倕，是古时的巧匠，制造的东西很多，传说他们是弓矢的发明者之一。

造鼓、指南车等

上文提及，黄帝时已有了很响的鼓。同时黄帝还发明了指南车。相传他还有像"岐伯作鼓吹铙角"[1]这样的军乐。这些发明都用来在战争中对付蚩尤。

创医学

巫彭发明了医药以后，黄帝时代，传说有三个著名的医生。第一个是俞跗。据说他的医道高明，掌握了完整的外科手术技巧。据说他治病不需要汤药、针石、药物熨帖或是按摩等，他直接根据五脏六腑的本原，用刀子划开皮肤，解剖肌肉，结扎筋脉，挤出受病的骨髓和脑髓，又分开处在横膈膜上下的膏和肓，用指爪轻轻拨去翳障蒙膜，把肠胃和其他脏腑如心、肝、脾、肺、肾等都翻出来洗个干净，经过这种手术治疗，病人的精神和形体能得到完全改观，恢复正常。所以后代传说，俞跗的医道，能够使出丧的车子往回走，让那些已经准备埋葬的死人复活，这些传说赋予了俞跗高超医术的很大的传奇性。第二个是雷公。关于雷公的医道和事迹现在流传的已经不多了。传说黄帝曾经命令雷公和岐伯两人做过一番关于经脉的学术讨论，黄帝要是身体不舒服，就让雷公和岐伯两人替他切脉、看病。雷公曾经派过一个采药使者

---

[1] 罗泌撰：《路史》卷十四，清光绪二年刻本。

出去替他采药,那个采药使者大概是在山林中迷失了道路,回不来了。不知怎么,他竟变化成了啄木鸟,趴在树干上,用它的长而尖的嘴壳啄食树木中的害虫,也算是做了树木的医生。最后一个是岐伯。除了和雷公共同研讨经脉以外,黄帝还叫他品尝各种草木,辨别用什么药草去治疗什么疾病,据说后世相传的医书《素问》《本草》等就是岐伯的著作。又说岐伯曾经乘绛云车,驾了十二头白鹿,遨游在东海中的蓬莱仙山里。大概是受了黄帝的命令去那里寻求仙人和长生不死神药吧。

最早的医书《黄帝内经》,据说也是黄帝和岐伯通过问答的方式做出来的。

除此以外,关于黄帝时代的发明还有很多,有人说黄帝还发明了煮饭用的锅和甑,还有人说他发明了踢球的游戏,总之黄帝时期的发明难以计数。黄帝时期的这些发明创造虽然既不能毕其功于一个时代,也不能归其功于黄帝一人,但称黄帝为"人文初祖"却表达了中华民族对文明创造的赞美,对文明创造者的崇敬,对文明创造精神的崇尚。黄帝文化所蕴含的崇尚文明创造的精神价值,深刻影响了中华民族的人文价值意识。所谓"观乎人文以化成天下"的实质就是进行文明创造。黄帝不愧为中华民族的"人文始祖"。

(五)黄帝的长生和子孙

按照方士们的说法,黄帝最后登天做了神仙,《史记》这样记载:

黄帝采首山铜,铸鼎于荆山下。鼎既成,有龙垂胡髯下迎黄帝,黄帝上骑,群臣后宫从上者七十余人。龙乃上去。余小臣不得上,乃悉持龙髯。龙髯拔,堕,堕黄帝之弓。百姓仰望,黄帝既上天,乃抱其弓与胡髯号。故后世因名其处曰鼎湖,其弓曰乌号。①

又说:

黄帝已仙上天,群臣葬其衣冠。②

---

① 司马迁:《史记·封禅书》,中华书局,1959,第1394页。
② 同上书第1396页。

根据《史记》的说法："黄帝崩,葬桥山。"① 现在被称作桥山的地方有很多：一个在陕西黄陵县,因为下边有一条河穿过,所以叫桥山,上边有黄帝陵。一个是甘肃东部子午岭桥山。《地理志》说：上郡阳周县桥山南有黄帝冢。再一个是在涿鹿县。甚至还有一个桥山是在山西临汾曲沃县境内,下边有一个很幽深的石洞,山盖在上边像一座桥,但是这里却没有黄帝陵的传说。现在公认的说法是陕西省黄陵县内的桥山是黄帝的衣冠冢。

至于黄帝的子孙,《史记》说：

黄帝二十五子,其得姓者十四人。黄帝居轩辕之丘,而娶于西陵氏之女,是为嫘祖。嫘祖为黄帝正妃,生二子,其后皆有天下：其一曰玄嚣,是为青阳,青阳降居江水；其二曰昌意,降居若水。昌意娶蜀山氏之女,曰昌仆,生高阳,高阳有圣德焉。黄帝崩,葬桥山。其孙昌意之子高阳立,是为帝颛顼也。②

颛顼在黄帝登天之后即位成为新的天下共主,帝喾又继之,他们两个人是代表黄帝子孙的两大支。颛顼偏居西方,帝喾偏居东方。帝喾的子孙有四支：东方的是帝挚,是他的正支,另一支是商部族。西迁的还有住在今天山西南部的唐族,有后来一直到陕西的周部族。颛顼的子孙,有住在现在山西南部的虞

---

① 司马迁:《史记·五帝本纪》,中华书局,1959,第10页。
② 同上书第9~10页。

部族，有住在河南西部的夏族，还有自东北到西南散居各处的昆吾、参胡、彭祖等族。总之，黄帝的后裔遍布中华大地，绵延不绝。

二

民俗与信仰

（一）黄帝祭祀的历史概况

祭祀是中华民族的传统，在古代祭祀是国之大事，古语云："国之大事，在祀在戎。"黄帝是中国远古时期的民族部落首领，以其文治武功统一了当时的各个氏族部落，成为中华民族最早的一位领袖人物，开创了人类从野蛮走向文明的一系列物质文明和精神文明，开启了中华民族灿烂文化的先河，因此被尊为中华民族的人文初祖，是中国古代文明的象征。历代对黄帝的祭祀极为重视，之所以要祭祀黄帝，就是要传扬黄帝文化，传承黄帝精神，继承祖先遗志，奋发图强，继往开来，进一步增强民族情感和文化认同，凝聚民族力量，增强民族团结，振奋民族精神。

关于黄帝的祭祀，在史册中，有很多详细的记载，传说也很丰富。传说中，在黄帝去世以后，当时的人们就设立神庙、祭坛，并且把黄帝生前所穿的衣冠鞋袜、所用几杖和其他用品独立建陵来祭祀。《绎史》引《纪年》和《博物志》就说："黄帝崩，其臣左彻取衣冠几杖而庙祀之。"①这也引发后世对黄帝陵真正位置的猜想。

尧舜禹时代,黄帝更加受到人们的崇敬。《国语》记载:"有虞氏禘黄帝而祖颛顼,郊尧而宗舜,夏后氏禘黄帝而祖颛顼,郊鲧而宗禹。"②"禘"是说追溯自己的祖先,把他作为祭祀的对象。由于黄帝的丰功伟绩,两个部落都把他视为始祖,并用祭祖的最高规格来祭祀他,反映了当时人们对黄帝的追根报祖之情。

《史记·封禅书》载"秦灵公作吴阳上畤,祭黄帝"③,那时的黄帝是以秦国上帝(而非人间帝王)的身份出现。

齐威王因齐于公元前356年作铭文曰:"其惟因齐扬皇考,绍緟高祖黄帝,迩嗣桓文。"④这则铭文说明,当时的黄帝苗裔仍然在把他作为远祖进行祭祀。

《史记》记载"汉武帝北巡朔方,勒兵十余万,还,祭黄帝冢桥山"⑤。汉武帝时,由于他沉迷于寻求长生之术,越来越多的人成为方士,希望得宠。武帝求于方士有两件事:一为封禅,强调汉王朝受命于天;二为求仙,以追求长生不老。于是方士便收集黄帝故事,并将封禅与求仙合为一事,因为唯求仙乃可封禅,唯封禅乃可登仙。汉代对黄帝的祭祀,继承了秦代的四帝祭

---

① 马骕:《绎史》卷五,清光绪十五年刻本。
② 《礼记正义》,载阮元校刻:《十三经注疏》,中华书局,1979,第1588页。
③ 司马迁:《史记·封禅书》,中华书局,1959,第1364页。
④ 罗振玉:《三代集金文存》第九卷,中华书局,1983,第17页。
⑤ 司马迁:《史记·封禅书》,中华书局,1959,第1364页。

祀，并加上黑帝颛顼，形成五帝祭祀。汉初的"黄老之学"，可见对黄帝祭祀的重视，刘邦在起兵的时候就曾"祠黄帝"，五帝的祭祀一直延续到汉成帝。

西汉末年王莽篡位之后，因为王莽好古，想按照《周礼》中的思想治理国家。为了名正言顺，他改变古史系统，封黄帝为公侯，专门祭祀，本人也以黄帝为初祖，虞帝为始祖。建皇帝庙，方四十丈，高十七丈，并"郊礼黄帝以配天，黄后以配地"[①]，广征通晓祭奠礼制的人，筹办黄帝的祀典。

经魏晋时期的伪《尚书传序》等文献的长期宣教，三皇、五帝在唐代祭祀前代帝王的祀典中开始有了正式的位分。《唐会要》载，"（天宝）六载正月十一日敕：三皇、五帝创物垂范，永言龟镜，宜有钦崇"[②]，于是中央开始设立专门的三皇庙和五帝庙。唐代宗大历五年（770年），坊州节度使臧希让上言，坊洲有轩辕黄帝陵，请置庙，四方享祭，列于祀典。唐代宗批准请求，黄帝陵庙致祭从此被纳入唐代国家常规祀典。

到宋代，因为五代时期长期战乱，祀典多半衰废，三皇专庙祭祀也不兴盛。但黄帝陵庙致祭仍然受到国家高度重视。据《宋李昉黄帝庙碑序》记载，开宝五年（972年），赵匡胤降旨："凡前代帝王有功德昭著泽及人民者，都应崇奉，不得使其庙貌荒

[①] 班固：《汉书·王莽传》，中华书局，1999，第3016页。
[②] 王溥：《唐会要》，中华书局，1955，第500页。

废。"① 当时黄帝庙被列为重点加以维修保护，同时规定中央政府对轩辕黄帝庙的祭祀应当每三年一次。为了祭祀方便，把唐代宗大历年间设置的黄帝庙从桥山西麓移到今天黄帝庙所在地。

到了元代，"三皇"祭祀变了性质。元世祖和元成宗都发布命令，要求从国都到郡县建立三皇庙通祀"三皇"，但元代是把三皇当作医药之祖来祭祀的，"祀三皇的典礼由医师主办，而从祀的又是十大名医"。因为在元代统治者没有受过中原传统文化的教育，所以在他们看来，神农氏有尝药及作《本草》的传说，黄帝有做《内经》的传说，而神农、黄帝是"三皇"之二，于是把伏羲拉入了医界，派定"三皇"是医界的祖师。

明太祖得天下后沿袭元制。明太祖根据经典记载，考证出黄帝陵在陕西中部县（今黄陵县）桥山，认为"考前代圣帝贤王，自唐以来皆祭于陵寝。唐玄宗尝立三皇五帝庙于京师，至元成宗时乃立三皇庙于府州县，春秋通祭而以医药主之，甚非理也"②。于是此后对黄帝的祭祀均由朝廷派遣官员赴黄帝陵进行，歌颂黄帝开物成务，为天地立心、为生民立命、为万世开太平的丰功伟绩。然而，在明世宗嘉靖年间，朝廷又开建三皇庙于太医院了。

至于清朝，沿袭的基本上是明朝规制。顺治八年（1651年）

---

① 郑汝璧主修《延绥镇志》，上海古籍出版社，2014，第 277 页。
② "中央研究院"历史语言研究所校勘：《明实录》卷六十二《太祖实录》"洪武四年三月丁未"，台北"中研院"史语所，1966，第 1200 页。

至道光三十年（1850年）间，朝廷多次派遣专官负责黄帝陵祭祀。除了陵祭之外，各地也有许多三皇庙，把三皇当作药王、医祖来祭祀。

中华民国成立以后，孙中山在南京宣誓就职，同年三月，孙中山委派一个十五人的代表团赴陕西中部县桥山致祭轩辕黄帝陵。之后国家每隔一段时间就会派官员祭拜黄帝陵。1935年4月7日，国民党执行委员会委派张继、邵元冲祭拜黄帝陵，同时确定清明日为民族扫墓节，每岁举行仪式。

新中国成立以后，郭沫若为黄帝陵题字，并把其字刻在碑刻中，至今保存完好。几十年间，各界人士纷纷前往黄帝陵祭拜，其间，每年的公祭大多由时任陕西省副省长主祭，陪祭人多大为政协人士，1985年之前，参加人数在两千到三千之间，之后参加公祭的人数增加到五千到六千，1990年之后每年参加公祭的人数逾万乃至几万。除了公祭之外，还有重阳节的民祭，参加人员大多为社会各界人士。

（二）历代黄帝祭祀仪式

对黄帝的祭祀古已有之，但关于祭祀仪式的详细描述，最早要追溯到《汉书·郊祀志上》记载的汉武帝在雍城的郊天礼仪。历史上第一次由皇帝主持进行黄帝陵公祭的正是汉武帝。司马迁《史记·孝武本纪》和《封禅书》均载，武帝"北巡朔方，勒兵十余万，还祭黄帝冢桥山"①，这是皇家进行黄帝陵祭祀的最早记录，这就为后来在黄陵进行黄帝祭祀，即黄帝陵公祭，开了先例，这次祭祀标志着黄帝崇拜的成熟，也标志着黄帝祭祀礼仪走向定型。黄帝崇拜的大发展和定型，也主要在西汉时期。

上遂郊雍，至陇西，登空桐，幸甘泉。令祠官宽舒等具泰一祠坛，祠坛放亳忌泰一坛，三陔。五帝坛环居其下，各如其方。黄帝西南，除八通鬼道。泰一所用，如雍一畤物，而家醴枣脯之

---

① 司马迁：《史记·孝武本纪》《史记·封禅书》，中华书局，1959，第473页、1396页。

属,杀一氂牛以为俎豆牢具。……祭日以牛,祭月以羊、彘、特。泰一祝宰则衣紫及绣,五帝各如其色,日赤,月白。①

《后汉书·祭祀志上》记载光武帝在洛阳郊天礼仪,详细记载祭祀黄帝的方位、牺牲和所用歌舞:

二年正月,初制郊兆于洛阳城南七里……其外坛上为五帝位……黄帝位在丁未之地……天、地、高帝、黄帝各用犊一头……凡乐奏《青阳》《朱明》《西皓》《玄冥》及《云翘》《育命》舞。……②

《大唐开元礼·吉礼》记载祀黄帝于南郊的礼仪:

斋戒:……皇帝散斋四日,致斋三日……凡散斋是事如旧,唯不吊丧问疾、不作乐、不判署刑杀文书、不行刑罚、不预秽恶,致斋为祀事得行,其余悉断。……

陈设:前祀三日,尚舍直长(官名)施大次(安放皇帝休息的大帐)于外壝东门之内道北,南向,铺御坐,陈幔(用来遮盖祭祀食物的幔幕)于内壝东门之外道南,北向。……前祀一日,奉礼设御位于坛之东,西向。设望燎位于柴坛之北,南向。设祀

---

① 司马迁:《史记·孝武本纪》,中华书局,1959,第467~470页。
② 范晔:《后汉书·祭祀志上》,中华书局,1999,第2161页。

官公卿位于南壝东门之外道南……

省牲器：省牲之日午后十刻，去坛二百步所，诸卫之属禁断行人。……谒者进太尉之左，白请就门外位。谒者赞引各引祀官以下就门外位，谒者引太常卿就省牲位，南而立。廪牺令少前曰：请省牲。退，复位。太常卿省牲。……

銮驾出宫。

奠玉帛。……

进熟。（皇帝祭祀的各种礼仪）……

銮驾还宫。①

《政和五礼新仪》记载宋代坊州祭祀黄帝的礼仪：

时日，太常寺前期以仲春择日，朝献圣尊天尊大帝……

斋戒……

陈设……

省馔……

行事……②

从以上文献中可以看出古代帝王祭祀皇帝，讲究祭祀前要斋戒，祀前的准备陈设非常讲究，包括参加人员的座次、祭祀所用

---

① 中敕撰《大唐开元礼》，民族出版社，2000，第170~172页。
② 郑居中：《政和五礼新仪》，文渊阁《四库全书》本。

的仪仗，在皇帝亲祭之前，要有专门的官员处理祭祀食物，一般用刀切牲物，取其毛和血。在此过程中，有专门的礼仪人员大声宣读仪式的程序。接下来是皇帝亲祭，其过程很繁琐，用到的器物也很繁杂，皇帝的进场和退场排场也很大。

辛亥革命以后，封建制度取消，只属于皇帝的祖先祭祀权下放到人民的手中，人们在清明等节日里对轩辕黄帝举行公祭。《西京日报》记录了中华民国二十七年（1938年）清明节公祭黄帝陵仪式典礼程序：

中部县政府预在桥陵墓前搭盖祭棚，布置礼堂。昨晨六时以前，当地驻军、学生及各机关与祭人员齐集陵前，蒋主任、孙主席届时莅临陵前，领导全体与祭者如仪举行致祭礼。由省府秘书刘茵侬司仪。①全体肃立。②奏乐。③主祭者就位。④与祭者就位。⑤上香。⑥献爵。⑦献花。⑧恭读祭文。⑨行三鞠躬礼。⑩静默三分钟。⑪奏乐。⑫鸣炮。⑬礼成。⑭摄影。

《陕西省志》第七十五卷《黄帝陵志》记载2004年祭祀黄帝仪式：

祭祀活动首次启用"天子祭器"，包括斥四百万巨资复制的曾侯乙墓编钟、磬和"九鼎八簋"等，此次公祭首次增加了大型乐舞《轩辕黄帝颂》，与往年相比祭祀礼仪有所变化。典礼会场

布置为:

1. 主祭台布置

(1)主祭台上方悬挂"甲申年清明公祭轩辕黄帝典礼";

(2)主祭台铺黄色地毯,台上放置两组话筒,供主持人和读祭文人用;

(3)祭台西侧放置两组话筒,供总指挥和播音员用。

2. 台下布置

共分十个区:第一方阵、海外侨胞区、港澳同胞区、台湾同胞区、民间主祭人单位代表区、黄帝陵基金会代表区、陕西各界代表区(西安)、陕西各界代表区(延安、黄陵)、表演区、记者区。

9时50分,主持人宣布甲申年清明公祭轩辕黄帝典礼开始。祭奠礼程序为:①全体肃立。②击鼓鸣钟(击鼓34咚,鸣钟9响。34指中华大地34省、直辖市、自治区和特别行政区,9是阳数最大数)。③敬献花篮。④恭读祭文。⑤向黄帝像行三鞠躬礼。⑥乐舞告祭。分四个乐章:一是祥云吉雨,歌颂黄帝功德;二是百兽率舞,表现部落间和谐生活;三是中华鼓魂,表现昂扬向上的民族精神;四是驭龙飞天,象征中华民族的崛起和昌盛。⑦瞻仰祭祀大殿,拜谒黄帝陵。

此后每年黄帝陵要举行祭祀大殿。

（三）历代祭文

祭文是祭祀死者或祖先、远祖等神祇时所诵读的文章，体裁有韵文和散文两种，内容主要为追忆死者生前主要经历，颂扬他的品德业绩，寄托哀思，激励生者。在黄帝祭祀的过程中当然也少不了祭文，并在祭祀仪式中起烘托气氛、提升民族凝聚力的作用。

现列举几篇黄帝祭文，来展示黄帝祭祀的目的和功能。

明太祖洪武四年（1371年）祭黄帝桥陵文

皇帝谨遣中书管勾甘，敢昭告于黄帝轩辕氏：

朕生后世，为民于草野之间，当有元失驭，天下纷纭，乃乘群雄大乱之秋，集众用武，荷皇天后土眷祐，遂平暴乱，以有天下，主宰庶民，今已四年矣。君生上古，继天立极，作丞民主，神功圣德，垂法至今，朕兴百神之祀，考君陵墓于此，然相去年岁极远；观经典所载，虽切慕与心，奈禀生之愚，时有古今，民裕亦异。仰惟圣神，万世所法，特遣官奠祀修陵，圣灵不昧，其

鉴纳焉。尚飨！

明武宗正德元年（1506年）祭文

维正德元年，岁次丙寅……皇帝谨遣鸿胪寺丞张昱致祭于黄帝轩辕氏曰：于维圣神，挺生邃古；继天立极，开物成务，功化之隆，惠利万世，兹于□□，祗承天序，式修明祀，用祈鉴佑，永祚我邦家！尚飨！

清世祖顺治八年（1651年）祭文

自古帝王，受天明命，继道统而新治统。圣贤代起，先后一揆，功德载籍，炳若日星，明禋大典，亟宜肇隆。敬遣专官，代将牲帛，神其鉴飨！

由上面列举的明清两代的黄帝祭文来看，祭祀黄帝，一方面是歌颂黄帝的功德，另一方面都强调封建帝王受天命而治天下，即封建专制帝制的合法性。但在封建制度结束以后，祭祀的功能也在发生流变，开始发挥其加强民族凝聚力的作用。

民国二十七年（1938年）陕西省政府祭黄帝文

伏以轩辕锡羡，绵三百八秩之春秋；涿野崇勋，冠六十四民之祀。崆峒停辔，访道学之真源，昆仑筑宫，极边陲之胜览。修封禅而巡游五岳，导西儒地圆之搜求；造舟车而汗漫九垓，开今日天空之战斗。综夷鼓青阳二十五姓，谁非神圣之子孙？广戎蛮中国七千封，罔息征行之车驾。有徇齐敦敏之异质，有畏神服教之明威。际兹民族复兴……其镇岳山，其薮弦蒲：群震鼓十章之骏厉。声灵远赫，民邦之拱护遥叨；仙战交修，外裔之侵陵敢逞？今日者，扫一坯之灵土，俎豆虔供；靖万国之方舆，河山不改。四月维夏，百谷咸滋；感因时九献之芳馨，怀生我万灵之统系。所冀雨□时若，高陈公玉之图书；还祈氛潜销，净洗蚩尤之兵气。嗟嗟！左洪河而右太华，常被鼎湖仙驭之麻；前千古而后万年，恒修关辅明之典。呜呼尚飨！

民国时期的祭祀，不仅是对黄帝功德的赞扬，而且结合了当时国内外政治外交环境，当时中国处于外敌入侵、民族受辱的时期，急需一股强大的精神力量来凝聚人心。可以说对华夏共同人文始祖黄帝的公祭，为团结各行业、世界各地的中华儿女共同来抵御外辱，贡献了一定的力量。

丙戌年（2006年）清明公祭黄帝陵祭文

公元2006年4月5日，岁在丙戌，节届清明。值此万物复荣之时，炎黄子孙汇聚桥山之麓，高奏钟鼓雅乐，敬奉鲜花素果，公祭我人文初祖轩辕黄帝之陵曰：

桥山苍苍，沮水泱泱，始祖肇启五千年文明曙光。纬天经地，日明月朗，华夏十三亿儿女源远流长。务农桑，筑城室，初定家邦；创文字，造舟车，走出洪荒；定算数，问医药，教化万民；设官制，举贤能，义服天下。巍巍先祖功德，绵绵万世流芳。

斗转星移，国运恒昌。继往开来，十一五再铸辉煌。以人为本，九州共建和谐社会；以俭养德，节用山川江海之享；以工哺农，城乡携手齐奔小康。天人合一，修复生态；坚定改革，鼎新图强；自主创新，引领未来。港澳既归，台澎难分，两岸同胞翘首盼国统；同心协力，和平崛起，全球华人指日望龙腾！

告慰先祖，永赐吉祥。祭礼告成，伏惟尚飨！

丁酉年（2017年）清明公祭轩辕黄帝祭文

吾祖赫赫，伟业煌煌。广施仁德，福民农桑；肇启文明，光被遐荒。丁酉清明，礼乐馨香，四海华夏昆裔，聚首桥山之阳，共祭轩辕初祖，祈愿九州隆昌！

抚今追昔，思绪浩茫。六中全会开神州新局，核心指引汇磅礴力量。严肃纲纪扬清风正气，反腐倡廉应民心所望。十三五规划高点起步，二十国峰会合作共赢。改革深化兮树四梁八柱，民生改善兮佑万众安康。经济增长兮助国力繁盛，文化自信兮铸时代华章。神舟天宫太空比翼，蛟龙海斗碧波潜航。纪念建党兮春秋九五，不忘初心，继续前进；追缅长征兮奏凯八秩，理想信念，永放光芒。聚力追赶超越，撸起袖子加油干；践行五个扎实，低调务实不张扬。壮哉三秦兮大风雄唱，上下同欲兮盛举共襄。喜迎十九大，待今朝之奋翼；阔步小康路，看明日之辉煌！

嗟我初祖，万世景仰，功高日月，名垂天壤。追先贤往圣恢弘之大业，圆中华民族复兴之梦想。大礼斯毕，伏惟尚飨！

新中国成立以后的黄帝祭祀是在中华民族伟大复兴的时代背景下进行的，在告慰祖先的同时，颂扬改革开放新时代，继往开来全民奔小康的美好前景，又寄托了港澳台同胞的手足情深和共同携手实现中华腾飞的伟大愿望。

三

文献与古迹

（一）文献资料

黄帝为中华文明的始祖，关于黄帝的文献记载相当丰富，主要围绕其生平和文治武功展开。围绕黄帝日常生活和政治生活的记载，基本形成了日渐丰富的黄帝生活画卷。在这一章，我们将从这两方面来讨论黄帝传说的文献记载情况。

黄帝其人

关于黄帝其人的文献记载，因为其年代的久远，很难说明其最早的文献记载出处，先秦文献里对黄帝的记载很多，《逸周书》《左传》《国语》《周易》《古本竹书纪年》《世本》《穆天子传》《山海经》《礼记》《大戴礼记》《商君书》《尸子》《管子》《庄子》《文子》《列子》《韩非子》《六韬》《尉缭子》《战国策》《吕氏春秋》等都有，还有些出土的铜器、帛书、鼎铭上都有对黄帝事迹的不同记载。

如《帝王世纪》记载:"(黄帝)母曰附宝,见大电绕北斗枢星,照郊野,感附宝,孕二十四月,生黄帝于寿丘,长于姬水……有盛德,受国于有熊,居轩辕之丘,故因以为名,又以为号。"①大部分史料都证实黄帝的母亲名附宝,而他的出生也异乎玄幻,他的母亲附宝在野外碰到雷电围绕着北斗星,照亮了郊野,感应到附宝,怀孕二十四个月在寿丘生下了黄帝。关于黄帝的出生及出生地,史料还有很多记载,大多数认为黄帝是少典和有蟜氏的儿子,名轩辕。《国语·晋语》记载:"昔少典娶于有蟜氏,生黄帝。"②《史记·五帝本纪》记载:"黄帝者,少典之子,姓公孙,名曰轩辕。"③《帝王世纪》记载:"黄帝者,少典之子,姬姓也。"④《通鉴外纪》记载:"黄帝者,有熊国君少典之子,姓公孙,名轩辕。"⑤《路史·疏仡史·黄帝》记载:"黄帝有熊氏,姓公孙,名荼,一曰轩。轩之字如玄律。少典氏之子,黄精之君也。"⑥也有一种说法认为少典是上古一个部落或诸侯国的名字,所以黄帝是少典氏之后裔。

为什么黄帝称轩辕呢?据上,是由居轩辕之丘而得名。另

---

① 皇甫谧:《帝王世纪》,中华书局,1985,第4页。
② 徐元诰撰,王树民、沈长云点校《国语集解》,中华书局,2002,第336页。
③ 司马迁:《史记·五帝本纪》,中华书局,1959,第1页。
④ 皇甫谧:《帝王世纪》,中华书局,1985,第4页。
⑤ 刘恕:《资治通鉴外纪十卷》卷一,文渊阁《四库全书》本。
⑥ 罗泌:《路史》卷十四,清光绪二年刻本。

外的说法认为轩辕的称号来自黄帝创制的轩冕之服,也有的说法认为"轩辕"都与车有关,取意于部落制作乘车。《汉书·律历志》记载:"黄帝始垂衣裳,有轩冕之服,故天下号轩辕氏。"①《路史·前纪七》记载:"轩辕氏,作于空桑之北,绍物开智,见转风之蓬不已者,于是作制乘车,柜轮璞较,横木为轩,直木为辕,以尊太上,故号曰轩辕氏。"②黄帝在成为部落首领之后,励精图治,文治武功,功绩卓著。

黄帝,或者轩辕黄帝,是我们中华民族的伟大祖先,在中国历史上占有重要的地位,是现在世界上中外华人心中共同的文化符号。其生活的时代据我们也极为久远,因此其事迹也难免有被神话渲染的痕迹。后世传说他的身体是一条龙,也有史籍称他本身就是一位天神。《史记·天官书》记载:"轩辕,黄龙体。"③《淮南子·说林训》高诱注:"黄帝,古天神也,始造生之时,化生阴阳。"④

黄帝在人们心中的地位越来越高,成为民族的象征,被古人用各种方式美化,主要表现他的神奇和才能。人们认为黄帝能呼风唤雨,身体的部位甚至是神态都能影响自然,而且他的灵魂能离开身体独立存在。《太平御览》卷六引《天文录》:"阴阳交

---

① 班固:《汉书·律历志》,中华书局,1999,第870页。
② 罗泌:《路史·前纪七》,清光绪二年刻本。
③ 司马迁:《史记·天官书》,中华书局,1959,第1299页。
④ 刘文典:《淮南鸿烈集解》,中华书局,1989,第561页。

感，震为雷，激为电，和为雨，怒为风，乱为雾，凝为霜，散为露，聚为云，气立为虹、霓……此十四变皆轩辕主之。"①《路史·发挥二》引《程子》："黄帝之治天下也，百行神出而受职于明堂之廷。"②种种历史材料表明，关于黄帝的生平事迹在历史典籍中往往有迹可寻，并不只是神话传说，至于其被神化的事迹，也往往是各民族神话传说作为历史源头所必然的结果，是各民族对人文始祖的认同和尊敬使然。

黄帝的妃嫔

关于黄帝的妃嫔以及子孙，《史记·五帝本纪》有明确记载："黄帝娶于西陵之女，是为嫘祖，嫘祖为黄帝正妃。生二子，其后皆有天下：其一曰玄嚣，是为青阳，青阳降居江水；其二曰昌意，降居若水。"③《帝王世纪》记载："元妃，西陵氏女，曰嫘祖。"④黄帝一生娶有四个妻室，正妃西陵氏女，名叫嫘祖；次妃方雷氏、名女节；彤鱼氏，生夷鼓，名苍林。最后娶丑女为妃，封号嫫母。

正妃嫘祖为西陵氏的一个女儿，她生了两个儿子，一个是玄嚣，即青阳，另一个叫昌意。娶嫘祖之地，一说轩辕之丘，在今

---

① 李昉编纂：《太平御览》卷六引《天文录》，清光绪二十年石印本。
② 罗泌：《路史·发挥二》，清光绪二年刻本。
③ 司马迁：《史记·五帝本纪》，中华书局，1959，第11页。
④ 皇甫谧：《帝王世纪》，中华书局，1985，第5页。

河南新郑境内；一说在大梁，在今河南开封西北。

今山西夏县西阴村相传为嫘祖故里，即西陵国故地。村南原有先蚕娘娘庙，内塑嫘祖塑像，惜于战乱中被毁，村西台为西阴新石器文化遗址。20世纪20年代中叶清华大学的学者和教授曾经在这里发掘了各种陶片、石器和骨器六十余箱，尤其是在遗址中发现半个蚕茧化石。

次妃方雷氏，名字叫女节。《帝王世纪》记载："（黄帝）次妃，方雷氏女，曰女节，生青阳。"①次妃彤鱼氏，《帝王世纪》记载："（黄帝）次妃，彤鱼氏，生夷鼓，一名苍林。"②

最值得一提的是次妃嫫母，她是黄帝最后一个妻子，长相极丑，但心地善良。《列女传》记载："黄帝妃嫫母，于四妃之班居下，甚丑而最贤，心每自退。"③《路史·疏仡纪·黄帝》记载："次妃嫫母，貌恶德克。"④《吕氏春秋》说：人之于色也，无不知悦美者，而美者未必遇也。故嫫母执于黄帝，黄帝曰："属女德而弗忘，与女正而弗襄，虽恶何伤！"⑤可见黄帝对女色的看法。

关于黄帝和嫫母有一段传说，可作为上述记载的佐证。话说黄帝在野外散步，碰到了嫫母用尖底瓶在河中打水，就过去问她：

---

① 皇甫谧：《帝王世纪》，中华书局，1985，第5页。
② 同上。
③ 张涛：《列女传译注》，人民出版社，2017，第5~8页。
④ 罗泌：《路史》卷十四，清光绪二年刻本。
⑤ 吕不韦编著《吕氏春秋》，许嘉璐主编《诸子集成》（中），广东教育出版社，2006，第122页。

"你不怕被抢去吗？（这里指抢婚）"嫫母头也不抬地说："我长得又黑又丑，不会有人想要我的。"黄帝问："你家中还有谁？"嫫母回答道："我哥哥被抢婚的女人抢走了，就剩下我和母亲了。"黄帝被抢婚风俗吓到了，回去和三个妃子商议怎么能杜绝这种现象，决定娶这名女子为妻，以告诉天下，外貌并不重要，才德才是最重要的。第二天，黄帝向大臣假意说了想再娶一妻的想法，各个部落都把貌美的女子选来，但黄帝偏偏选择了嫫母这个丑女，大家看黄帝都不重女色而重才德，抢婚的现象也越来越少了。

黄帝的婚姻反映的是母系氏族下族外婚的婚姻形态，即对偶婚，每个男人有一个主要妻子，每个女人也有一个主要丈夫，但男子不能禁止他的主要妻子和别的男子发生关系。同理，女子也不能。黄帝生活的时代，根据史料记载的细节，都是只知其母不知其父，从上述传说中也昭示出黄帝时代有男子出嫁、女子娶夫的形迹。《国语·晋语》记载黄帝二十五子，却不同姓，这正说明他们是嫁出之夫，各自以他们所嫁的氏族为姓，所以黄帝生活的时代为母系氏族时代。又从文献和考古，我们又发现黄帝生活的时代为母系氏族社会的新石器时代。在陕西黄陵地区发现大量的新石器时代遗址，有极其丰富的彩陶文化遗存。

黄帝氏族的繁衍和散布

黄帝娶西陵氏女，曰嫘祖，生玄嚣、昌意等二十五子。据《路史·国名纪》记载,黄帝子孙所封之国共七十,参照《黄帝功德纪》可见黄帝子孙遍布华夏大地,东到大海,西到陕西、四川、北达蒙古,南至广东、广西都有黄帝子孙的后代,或者至少也是黄帝统率下的各部族。《国语·晋语上》记载:

> 黄帝之子二十五人,其同姓者二人而已,唯青阳与夷鼓皆为己姓。青阳,方雷氏之甥也。夷鼓,彤鱼久甥也。其同生而异姓者,四母之别为十二姓,凡黄帝之子二十五宗。其得姓者十四人,为十二姓,姬、酉、祁、己、滕、葴、任、荀、僖、姞、儇、衣是也。唯青阳与苍林氏同于黄帝,故皆为姬姓,同德之难也如是。昔少典娶于有蟜氏,生黄帝、炎帝。黄帝以姬水成,炎帝以姜水成。成而异德,故黄帝为姬,炎帝为姜,二帝用师以相济也,异德之故也。①

关于黄帝及其氏族后代的关系,《路史·国名纪》有详细的记录,此处摘取数例:

有熊——"帝之开国,今郑之新郑。《舆地广记》云:'古有熊国,黄帝所都。'"在今河南。

寿丘——"在兖之曲阜东北六里,高三丈,今仙源。"(《广

---

① 徐元诰撰,王树民、沈长云点校《国语集解》,中华书局,2002,第336页。

记》云黄帝所生之地,此本《史记·索隐》。皇甫谧说在鲁东门外。)在今山东。

陈——"今凤翔宝鸡故陈仓,有陈山,非宛邱。"在今陕西。

昌——"昌意后"。

……

燕——"伯爵。宜为东燕,与南燕比(昭三年北燕伯款亦姓)。"在今河北。

鲁——"汝之鲁山县,非兖地。"在今河南。

雍——"伯爵。汴之雍丘,郑庄夫人雍国。《姓纂》云:'宋之雍氏,本姓。'《寰宇记》'雍氏,黄帝后',姓是矣。又冀之堂阳东北三十六(里),亦有雍氏城。《寰宇》之高城,本于陇切。自汉州名人姓皆于用切。《谈苑》云'当作平声'。昭十四年《传》:'晋尸雍子。'杜云:'阳翟东北有雍氏城者非。'"在今河南。

断——"晋地有断道,即卷楚也。《世本》作段,写误。"在今山西。

密——"河南密县东四十故密城是,武德三为密州,与须城比,故说者谓即密须,盖亦号密须云(《史索》云密须今河南密县,与安定姬姓密别)。"在今河南。

虽——"开封长垣,近须城是,卫在今澶之卫南二十八里。《卫诗》所谓'思须与曹'者,由声转也。"在今河南。①

---

① 罗泌:《路史·国名纪》,清光绪二年刻本。

《路史》所列七十国，大部分在古文献中是有记载的，结合黄帝世系表可知，黄帝子孙的散布范围很广。据后人考订，至春秋时列国之姓有明确记载者六十七国，其中鲁、蔡、曹、滕、晋、郑、吴、燕、虞、虢、祭、邢、凡、渭、原、荀、芮、息、巴、贾、魏、耿、霍、郜、韩、焦、杨、淮、密等三十二国皆为姬姓，加上子姓的宋、姒姓的杞、嬴姓的秦、任姓的薛等，占了六十七国的绝大部分，都是黄帝后裔，因此，后代一些少数民族将自己的族系追溯黄帝也是有根据的。于右任《黄帝功德记》在搜集了《山海经》《史记·匈奴传》《国语·鲁语》《汉书·西域传》《晋书·载纪》《魏书·序纪》《北史·魏本纪》《路史》等史料后，得出了"中华各民族为黄帝之苗裔"的结论。在后世百家姓的来源分析中，都离不开上面的信息。

在地方志中也有与黄帝后裔相关的记载，《土默特志》（光绪）记载：夫土默特，内蒙古之一旗也，相传蒙古为黄帝远裔，传从帝少子开始是北狄之祖。夫土默特在远离古代中国中原地区的蒙古，由此可见黄帝后裔分布之广。

黄帝建都

上文提到，黄帝所在的部落名叫轩辕氏，而轩辕在哪里？据《山海经》记载：

轩辕之国，在穷山之际，其不寿者八百岁。在女子国北，人面蛇身,尾交首上。

穷山在其北,不敢西射,畏轩辕之丘。在轩辕国北,其丘方,四蛇相绕。

此诸天之野,沃民是处,鸾鸟自歌,凤鸟自舞。凤皇卵,民食之;甘露,民饮之;所欲自从也。百兽相与群居。在四蛇北。其人两手操卵食之,两鸟居前导之。①

黄帝打败炎帝和蚩尤之后统一部落,建立国家,所以必定要建立都城。而关于黄帝建都之地,至今未有定论,主要有几种说法:一说在今河北涿鹿县。《保安周志·卷二地部·古迹》记载:"涿鹿故城,《通志》:在保安州南,本黄帝所都,汉县,后魏省。旧志:州东南四十里有土城,陇皋累累,制甚宏阔,有黄帝庙。《明志》谓之轩辕城,即此。"还有一说在有熊,即今河南新郑。《帝王世纪》记载:"黄帝都有熊,今河南新郑县也。"②《太平寰宇记》卷九《河南道九·郑州·新郑县》记载:"昔黄帝都于有熊即此,其地又为祝融之墟"。《明一统志》卷二十六《河南布政司·新郑县·襄城县》记载:"轩辕丘,在新郑县境,古有熊氏之国,轩辕黄帝生于此,故名。"《氾水县志》记载:"有熊氏轩辕之邱,黄帝都于轩辕之邱,后名具茨,或曰大隗,即氾东南之绵亘处,盖属有

---

① 《山海经》,郭超主编《四库全书精华·子部》第三卷,中国文史出版社,1998,第2691页。
② 皇甫谧:《帝王世纪》,中华书局,1985,第4页。

熊氏故土也。"还有一种推测在中部桥山,今陕西黄陵。

黄帝与炎帝

炎帝是我国远古传说时期的一位部落首领,他与黄帝并称"炎黄",成为我们共同的祖先,当今的华人都称自己为"炎黄子孙",可见他的地位与黄帝是相当的。据有的文献记载,黄帝、炎帝本是同胞兄弟。《国语·晋语》记载:"昔少典娶于有蟜氏,生黄帝、炎帝,黄帝以姬水成,炎帝以姜水成,故黄帝为姬,炎帝为姜。"[1]

关于炎帝的记载也不少见于史册。《左传·哀公九年》记载:"炎帝为火师。"[2]《管子·轻重》记载:"炎帝作,钻燧取火,以熟荤臊,民食之,无兹胃之病,而天下化之。"[3]《论衡·祭意》记载:"炎帝作火,死而为灶。"[4]可见炎帝与火的发明有关,他是人们尊敬的火神。在历史上大家认同的看法认为炎帝就是神农氏,曾经尝百草,为人们的疾病做实验,并因此死亡。据《述异记》记载,山西太原有个地方叫"神釜冈"[5],冈上有一座鼎,传说是神农氏炎帝尝百草而炮制中草药的器皿。

炎帝与神农氏究竟是不是同一个人,自古两种说法相持不下。

---

[1] 徐元诰撰,王树民、沈长云点校《国语集解》,中华书局,2002,第336页。
[2] 杨伯峻编著《春秋左传注》,中华书局,1981,第1653页。
[3] 管仲撰,房玄龄注《管子》,上海古籍出版社,1989,第233页。
[4] 王充:《论衡》,岳麓书社,2015,第314页。
[5] 任昉:《述异记》卷下,中华书局,1985,第20页。

管子最早指出炎帝和神农氏不是一人。在古代文献中，神农一般与农耕相关联，并被人赋予人身牛头的形象，而炎帝的叙述大多与火有关，是火神。所以炎帝和神农不是一个人，他们都在姜水，所以是同一个部落两个不同首领，神农在前，炎帝在后，《汉书·郊祀志》云："炎帝，神农后。"①

黄帝氏族居姬水，炎帝氏族居姜水，当时黄帝部落正在兴盛强大之时，而炎帝部落开始走向衰落，黄帝教民习用干戈，以征讨那些行暴虐之权的部落，结果各诸侯都来朝拜并归服于帝。《史记·五帝本纪》记载："诸侯相侵伐，暴虐百姓，而神农氏弗能征。于是轩辕乃习用干戈，以征不享。"②《帝王世纪》记载："神农氏衰，蚩尤氏叛，不用帝命。黄帝于是修德抚民，……诸侯有不服者，从而征之。凡五十二战，而天下大服。"③《稽古录·有熊氏》记载："炎帝既没，子孙德衰，蚩尤始作乱，延及于平民，罔不寇贼奸宄，夺攘矫虔。黄帝乃治武兵以征之，与蚩尤战于涿鹿之野，禽而杀之。诸侯皆去神农氏而归黄帝。"④

不久，炎帝大行无道，黄帝再次"修德振兵"，在涿鹿之野攻打炎帝。战斗异常激烈，"血流漂杵"，双方死伤惨重。炎帝因抵挡不住黄帝的猛烈进攻，败退到涿鹿城东一里的阪泉，这

---

① 班固：《汉书·郊祀志》，中华书局，1999，第993页。
② 司马迁：《史记·五帝本纪》，中华书局，1959，第3页。
③ 皇甫谧：《帝王世纪》，中华书局，1985，第4页。
④ 司马光：《稽古录》卷一《有熊氏》，文渊阁《四库全书》本。

时,黄帝率领许多曾以熊、罴、狼、豹、虎为图腾且仍以他们为名号的氏族部落,挥舞着用雕、鸢、鹰、鹖等的羽毛制作的旗帜英勇杀敌。据《列子·黄帝》:"黄帝与炎帝战于阪泉之野,帅熊、罴、狼、豹、虎为前驱,雕、鸢、鹰、鹖为旗帜。"[1]经过多次战斗,打败炎帝而兼其地,于是天下乃治。

黄帝战胜炎帝以后,成为中央天帝,黄帝部落依然生活在我国北方,炎帝部落逐渐向南方和东方转移,与长江流域的苗蛮集团犬牙交错,渐趋融合。这次大战,推动了华夏族的形成,民族融合不断进行,华夏族的地域范围也开始扩大。

黄帝与蚩尤

《逸周书》,相传是孔子编《书》时未入选的遗文。《汉书·艺文志》著录的《周书》七十一篇即此书。其中《尝麦》篇有一段文字,记述了黄帝伐蚩尤的故事。据李学勤教授研究考证,《尝麦》篇肯定是西周文献,具体年代可能是穆王初年。这样,《逸周书》就是现存古籍中最早记载黄帝事迹的古文献。有晋孔晁注,十卷;清朱右曾集训校释,十卷,逸文一卷。这里的选文,依据的是《景印元明善本丛书·古今逸史·逸记》本。

---

[1] 张湛注:《列子》,上海古籍出版社,2014,第71页。

尝麦昔天之初，□〔诞〕作二后，乃设建典。命赤帝分正二卿，命蚩尤于宇少昊，以临四方，司□□上天未成之庆。蚩尤乃逐帝，争于涿鹿之阿，九隅无遗。赤帝大慑，乃说于黄帝，执蚩尤，杀之于中冀，以甲兵释怒。用大正顺天思序，纪于大帝，用名之曰绝辔之野。乃命少昊请司马鸟师，以正五帝之官，故名曰质。天用大成，至于今不乱。①

在古代文献中蚩尤大概可以概括有以下几个特征：1.蚩尤是一个叫九黎部落的首领；2.蚩尤极其好战，嗜杀成性；3.蚩尤长相凶恶；4.蚩尤被黄帝诛杀，并尸解。

其他文献中相关的记载尚有：《尚书·吕刑》记载："九黎之君，号曰蚩尤。"②《史记·五帝本纪》集隐："蚩尤，古天子。""蚩尤，盖诸侯号也。"③《唐律疏义》唐律释文："蚩尤古之诸侯名也。然其性酷毒，故作五虐之型，如以车裂人，又烧铜柱，或使人抱，或使人缘之类也。"④

后世的研究者认为蚩尤是九黎族首领。蚩，就是蚩虫，即毛虫；尤，人腹中长虫，九黎族以蚩尤为图腾。《史记·五帝本纪》记载：

---

① 《逸周书》：《景印元明善本丛书·古今逸史·逸记》本。
② 冀昀主编：《尚书》，线装书局，2007，第257页。
③ 司马迁：《史记·五帝本纪》，中华书局，1959，第3页。
④ 长孙无忌等撰，刘俊文点校《唐律疏义》，中华书局，1983，第5页。

诸侯咸来宾从。而蚩尤最为暴，莫能伐。【集解】：应劭曰："蚩尤，古天子。"瓒曰："孔子三朝纪曰'蚩尤，庶人之贪者'。"【索隐】：案：此纪云"诸侯相侵伐，蚩尤最为暴"，则蚩尤非为天子也。又管子曰"蚩尤受卢山之金而作五兵"，明非庶人，盖诸侯号也。刘向别录云"孔子见鲁哀公问政，比三朝，退而为此记，故曰三朝。凡七篇，并入大戴记"。今此注见用兵篇也。【正义】：《龙鱼河图》云："黄帝摄政，有蚩尤兄弟八十一人，并兽身人语，铜头铁额，食沙石子，造立兵仗刀戟大弩，威震天下，诛杀无道，不慈仁。万民欲令黄帝行天子事，黄帝以仁义不能禁止蚩尤，乃仰天而叹。天遣玄女下授黄帝兵信神符，制伏蚩尤，帝因使之主兵，以制八方。蚩尤没后，天下复扰乱，黄帝遂画蚩尤形象以威天下，天下咸谓蚩尤，不死，八方万邦皆为弭服。"《山海经》云："黄帝令应龙攻蚩尤。蚩尤请风伯、雨师以从，大风雨。黄帝乃下天女曰'魃'，以止雨。雨止，遂杀蚩尤。"孔安国曰"九黎君号蚩尤"是也。

蚩尤作乱，不用帝命。于是黄帝乃征师诸侯，与蚩尤战于涿鹿之野，遂禽杀蚩尤。①

后世有人对黄帝与蚩尤的战争进行了详细的描写，并加入神话的想象，认为黄帝与蚩尤大战，九战九不胜，仙女玄女，告诉

---

① 司马迁：《史记·五帝本纪》，中华书局，1959，第3~5页。

他募求术士，于是伍胥加入到黄帝阵营，出谋划策，终于打败蚩尤。《黄帝玄女兵法》记载：

黄帝与蚩尤对，九战九不胜。黄帝归于太山。三日三夜，大雾冥冥，有一妇人，人首鸟形，黄帝稽首再拜，伏不敢起。妇人曰："吾所谓玄女者，子欲何问？"黄帝曰："小子欲万战万胜，万隐万匿，首当从何起？"募求术士，乃得伍胥。与之言曰："今日余攻蚩尤，三年城不下，其咎安在？"伍胥曰："此城中之将，为人必白色商音，帝始攻时，得无以秋之东方行乎？今黄帝为人苍色角音，此雄军也。以战为之。"黄帝曰："善！为之若何？"伍胥曰："臣请攻蚩尤，三日城必下。"黄帝大喜。其中黄直曰："帝积三年，攻蚩尤而城不下，今子欲以三日下之，何以为明？"伍胥曰："不如臣言，请以军法论。"黄帝曰："子欲以何时？""臣请朱雀之日日正中时，立赤色音绛衣之军于南方，以辅角军；臣请以青龙之日平旦时，立青色角音青衣之军于东方……五军已具，四面攻蚩尤，三日其城果下，黄帝即封胥，世世不绝。"①

传说中的女魃是旱神，据《山海经·大荒北经》描写，蚩尤起兵攻打黄帝，黄帝令应龙进攻冀州。蚩尤请来风伯雨师，以狂风骤雨对付应龙部队。于是，黄帝令女魃助战，女魃阻止了大雨，

---

① 《黄帝玄女兵法》，李昉编纂《太平御览》卷八十二，清光绪二十年石印本。

最终助黄帝赢得战争。

有系昆之山者,有共工之台,射者不敢北乡。有人衣青衣,名曰黄帝女魃,蚩尤作兵伐黄帝,黄帝乃令应龙攻之冀州之野。应龙蓄水,蚩尤请风伯、雨师,从大风雨。黄帝乃下天女曰魃,雨止,遂杀蚩尤。①

在战争过程,也产生了对后世有影响的发明创造,包括指南针和华盖:"大驾指南车,起于黄帝,与蚩尤战于涿鹿之野。蚩尤作大雾,皆迷方向,于是作指南车,以示四方。遂擒蚩尤而即位。"②据《古今注·舆服》记载:"华盖,黄帝所作也。与蚩尤战于涿鹿之野,常有五色云气金枝玉叶止于帝上,有花葩之象,故因而作华盖焉。"③

黄帝的部队将蚩尤一伙追击到古冀州的解镇一代,生擒蚩尤,砍其首,解其体,粉其身,碎其骨,后人因此名此地曰"解州",古音读"害",其含义是蚩尤解体之地,汉代曾在此设解县,五代升解州,民国初复为解县。相传蚩尤被解体后,血流成池,即今运城盐池,宋代沈括在《梦溪笔谈》中说:"解州盐

---

① 《山海经》,郭超主编《四库全书精华·子部》第三卷,中国文史出版社,1998,第2699页。
② 崔豹:《古今注》,李昉编纂《太平御览》卷九百二十六,清光绪二十年石印本。
③ 同上。

泽,方百二十里,久雨,四山之水悉注其中,未尝溢;大旱未尝涸。卤色正赤,在阪泉之下,俚俗谓之蚩尤血。轩辕氏诛蚩尤于涿鹿之野,血入池化卤,使万民食焉。今池南有蚩尤城,相传是其葬处。"①

黄帝与刑天

关于刑天,神话和文献的描述是有区别的,根据《山海经》的记载,刑天是炎帝的战将,武艺高强,勇猛善战,在炎帝、黄帝战争中贡献非常。炎帝在阪泉战败,退居于南方,刑天不甘心,他联合蚩尤部落对抗黄帝,蚩尤兵败被杀,刑天也被黄帝斩下头颅。《山海经·海外西经》记载:"刑天与帝至此争神,帝断其首,葬之常羊之山,乃以乳为目,以脐为口,操干戚以舞。"《淮南子·地形训》高诱注:"形残之尸,于是以两乳为目,腹脐为口,操干戚以舞。天神断其手后,天帝断其首也。"②话说刑天与天帝(黄帝)争夺神位宝座。二者相斗,帝终断刑天首级,并把他葬于常羊之山。但刑天魂魄不灭,竟以乳为目、脐为口,手执干戈漫舞。晋陶渊明《读山海经十三首》有云:"精卫衔微木,将以填沧海。刑天舞干戚,猛志固常在。同

---

① 王洛印译注《梦溪笔谈译注》,上海三联书店,2014,第41页。
② 刘文典:《淮南鸿烈集解》,中华书局,1989,第561页。

物既无类,化去不复悔。徒设在昔心,良辰讵可待!"①而在文献中,他是另外一个人,《路史·后纪三》记载:"神农乃命刑天作扶黎之乐,制丰年之咏,以荐厘来,是曰'下谋'。"②据此,刑天是神农时期的乐工,在炎帝落殁之后,才与黄帝发生争端,导致战死。

黄帝的德政

五帝开创的事业是中华文明史的开端,也被历代后人当作贤君圣主的楷模加以传颂。这体现了为历代人民所日夜思慕的自由、民主、君臣和睦的祥和政治气氛。黄帝一生为治理天下,安抚百姓,不辞艰辛,游历了华夏大地,受到族内、族外人的朝贡。《新书》记载:

黄帝曰:"道若川谷之水,其出无已,其行无止,故服人而不为仇,分人而不蹲者,故播之于天下而不忘者,其惟道也矣。是以道高比于天,道明比于日,道安比于山,故言之者谓智,学之者见谓贤,守之者见谓信,乐之者见谓仁,行之者见为圣人。故惟道不可窃也,不可以虚为也。"故黄帝职道义,经天地,纪人伦,

---

① 《山海经》,郭超主编《四库全书精华·子部》第三卷,中国文史出版社,1998,第 2691 页。
② 罗泌:《路史·后纪三》,清光绪二年刻本。

序万物，以信与仁为天下先，然后济东海入江内，取绿图细济积石，涉流沙登于昆仑，于是还归中国，以平天下，天下太平，唯躬道而已。①

《史记·五帝本纪》记载：

东至于海，登丸山，及岱宗，西至于空桐，登鸡头，南至于江，登熊、湘。北逐荤粥，合符釜山，而邑于涿鹿之阿。②

黄帝游历之处的外族人民受到深深的感化，在黄帝仁义之德的感召下，纷纷来向黄帝祖朝贡。《淮南子》记载："黄帝治理天下。……诸北、儋耳之国，莫不献其贡职。"③《宋书·符瑞志》记载："黄帝时，南夷乘白鹿来献鬯。"④《尸子》记载："四邦之民，有贯匈者，有深目者，有长肱者，黄帝之德常致之。"⑤由黄帝所开创的德政，在尧、舜等君主身上发扬光大，成为中华民族世世代代、生生不息的力量源泉。

---

① 贾谊：《新书·修政语》（上），诸子文粹编写组编译《文白对照诸子文萃上》，北方文艺出版社，1994，第382页。
② 司马迁：《史记·五帝本纪》，中华书局，1959，第6页。
③ 刘文典：《淮南鸿烈集解》，中华书局，1989，第561页。
④ 沈约：《宋书·符瑞志》，中华书局，1999，第574页。
⑤ 孙星衍辑《尸子》，尸佼著，汪继培校正，中华书局，1991，第33页。

注重德政

黄帝之所以被封为中华民族的共同祖先，一方面是血缘的关系，另一方面也是因为黄帝的品德高尚，而且注重修德立义，以德治天下，这不仅为当时的部落折服，而且为后世的帝王政治起了模范作用，使人们各安其位，彼此仁爱。

黄帝在幼年时期就深知德政的重要，并在成为首领之后以德治民，兴国安邦。《史记·五帝本纪》记载：

生而神灵，弱而能言，幼而徇齐，长而敦敏，成而聪明……轩辕乃修德振兵，治五气，设五量，艺五种，度四方，教熊罴貔貅䝙虎……迁徙往来无常处，以师兵为营卫。官名皆以云命，为云师。置左右大监，监于万国。万国和，而鬼神山川封禅与为多焉……治民。顺天地之纪，幽明之占，死生之说，存亡之难……有土德之瑞，故号黄帝。①

《申子·佚文》记载："黄帝之治天下，置法而不变，使民安乐其法也。"②

《帝王世纪》记载："神农氏衰，黄帝修德抚万民，诸侯咸去神农而归之黄帝。"③

---

① 司马迁：《史记·五帝本纪》，中华书局，1959，第 2 页。
② 申不害：《申子·佚文》，岳麓书社，2006，第 272 页。
③ 皇甫谧：《帝王世纪》，中华书局，1985，第 4 页。

《韩诗外传》记载:"黄帝继位施惠。承天一道,修德,惟仁是纡,宇内和平,未见凤凰。"①

《河图·挺辅佐》记载:"黄帝修德立义,天下乃治。"②

正是因为以德安民,黄帝部落才有震慑其他部族的能力,使他们服从自己的统治,前来朝贡,甚至民众心甘情愿加入其部落。《万机论》记载:"黄帝之初,养性爱民,不好战伐,而四帝各以方色称号,交共谋之。黄帝叹曰:'君危于上,民不安于下,一王失于国,其臣再嫁。厥疾之由,非养寇耶?今取民萌之上,而四道亢衡,递震于师。'于是遂师营垒,以灭四帝。向令黄帝若不龙骧虎变,而与俗同道,则其民臣再嫁于四帝矣。"③《管子》记载:"黄帝之治天下也,其民不引而来,不推而往,不使而成,不禁而止。故黄帝之治也,置法而不变,使民安其法者也。"《淮南子》记载:"黄帝治天下……日月精明,星辰不失其行;风雨时节,五谷登熟,虎狼不妄噬,鸷鸟不妄搏;凤凰翔于庭,麒麟游于郊,青龙进驾,飞黄伏皂,诸北、儋耳之国,莫不献其贡职。"④

行仁义、广德政使得百姓也安居乐业,其乐融融。《轩辕黄帝传》记载:"耕者不侵畔,渔者不争岸,抵市不预,价市不开,

---

① 韩婴:《韩诗外传》,春风文艺出版社,2005,第73页。
② 马骕:《绎史》卷五,清光绪十五年刻本。
③ 马国翰:《玉函山房辑佚书》,江苏广陵古籍刻印社,1990,第22页。
④ 管仲撰,房玄龄注《管子》,上海古籍出版社,1989,第144页。

鄙商旅之人相让以财,外户不闭,是谓大同。帝理天下十五年,忧念黎庶之不理,端聪明,进智力,以营百姓。是时,庶民甘其食,美其服,乐其俗,安其居,无羡欲之心,邻国相望,鸡犬相闻,至老死不相往来。"①《拾遗记》记载:"(黄帝)置四史以主图籍,使九行之士以统万图。九行者,孝、慈、文、信、言、忠、勇、义,以观天地,以祠万灵,亦为九德之臣。韶令不辟,群臣爱德教者,先列珪玉于兰蒲席上,然沈榆之香,舂杂实为宵,以沈榆之胶和之为泥以涂地,分别尊卑华戎之位也。"②

任贤用能

黄帝作为帝王典范的另一点是他任人唯贤,只要是品行端正又有才能的人才,他都任用。《论语摘辅象》记载:"黄帝七辅,风后受金法,天老受天箓,五圣受道级,知命受纠俗,窥纪受变复,地典受州络,力墨受准,斥州选举,翼佐帝德。"③《帝王世纪》记载:"黄帝以风后配上台,天老配中台,五圣配下台,谓之三公。其余知名、规纪、地典、力牧、常先、封胡、孔甲等,或以为师,或以为将。"④《尸子》记载,子贡问孔子曰:"古者黄帝四面,信乎?"孔子曰:"黄帝取舍己者四人,使治四方,不谋而亲,不约而成,大有成

---

① 武中宪:《轩辕黄帝传》,中华书局,1991,第22页。
② 王嘉撰《拾遗记》,车吉心总主编,孙家洲卷主编《中华野史》第一卷《先秦至隋朝卷》,泰山出版社,2000,第781~782页。
③ 上海古籍出版社编:《纬书集成》(二),上海古籍出版社,1994,第576页。
④ 皇甫谧:《帝王世纪》,中华书局,1985,第4页。

功,此之谓四面也。"①

不仅如此,黄帝还能根据人才所擅长的技能,来安排他们的职位。《管子》记载:"黄帝得六相而天地治,神明至。蚩尤明乎天道,故使为当时;大常察乎天利,故使为廪者;奢龙辨乎东方,故使为土师;祝融辨乎南方,故使为司徒;大封辨乎西方,故使为司马;后土辨乎北方,故使为李。是故春者土师也,夏者司徒也,秋者司马也,冬者李也。"②在这里,蚩尤还是一位大臣,长于天道,所以被命以"当时"之职;太常擅长观察天气变化,所以被任以"廪者"管理农事,奢龙、祝融、大封、后土分别负责东南西北四方,和春夏秋冬四季。

《路史·疏仡纪·黄帝》记载:"(黄帝)设灵台,立五官以叙五事,命臾蒕占星,计苞授规;命羲和占日,尚仪占月,车区占风,隶首定数,伶伦造律,大挠正甲子;命容成作盖天;命大容作乘云之乐,大卷著之控楬;命宁封为陶正,赤将为木正;命挥作盖弓,夷牟造矢,岐伯作鼓;命邑夷法斗之周旋;命马师皇为牧正,臣胲服牛。乃命沮诵作云书,孔甲为史;命俞跗、岐伯、雷公、巫彭、桐君处方;命西陵氏劝蚕稼;命共鼓、化狐作舟车;命竖亥通道路;命风后方割万里。"③黄帝命臾区占卜星斗,命计苞传授法度;命羲和、尚仪占卜日月,车区占卜风的大

---

① 孙星衍辑《尸子》,尸佼著,汪继培校正,中华书局,1991,第33页。
② 管仲撰,房玄龄注《管子》,上海古籍出版社,1989。
③ 罗泌:《路史》卷十四,清光绪二年刻本。

小和方向，命隶首确定数字和计数方法，命伶伦创造音律，命大挠更正甲子纪年；命容成作华盖；命大容创作乘云的音乐，命大卷著写控揭；命宁封为陶正，赤将为木正；命挥制作弓，命夷牟造矢，命岐伯作鼓，任命马师皇为牧正，命臣胲训练牛。命沮诵作云书，命孔甲作史书；命西陵氏劝蚕稼；命共鼓、化狐制作小舟和车子；命竖亥疏通道路；命风后用方形分割天下。

正是这样的任人唯贤，以才用人，天下才得以平静，百姓才得以安居。《淮南子》记载："黄帝治天下，而力牧、太山稽辅之，以治日月之行律，治阴阳之气，节四时之度，正律历之数，别男女，异雌雄，明上下，等贵贱，使强不掩弱，众不暴富，人民保命而不夭，岁时熟而不凶，百官正而无私，上下调而无尤，法令明而不暗，辅佐公而不阿，田者不侵畔，渔者不争隈，道不拾遗，市不豫贾，城郭不关，邑无盗贼，鄙旅之人相让以财，狗彘吐菽粟于路，而无忿争之心。"①

---

① 刘文典：《淮南鸿烈集解》，中华书局，1989，第561页。

（二）古迹景观

黄帝的功德对后世影响之大，可以从一些世代保存下来古迹中找到诸多证据。黄帝传说主要在山西、陕西、河南几地流传，有关黄帝出生，以及其政治、生活轨迹所形成的古迹景观，在山西、陕西、河南以及国内各地均有散布，这之中也不乏有许多后人的推测和附会，形成了抢夺文化古迹的形势，但从另一方面来讲，也体现了后人对黄帝功德的推崇，对促进中华民族共同信仰起到了重要的推动作用。

出生之地

关于黄帝的出生地，至今未有定论，主要有下列几种说法：

晋皇甫谧以为黄帝生于山东寿丘，即曲阜城东四公里的旧县村东的寿丘。据《史记·五帝本纪》："黄帝生于寿丘，长于姬水，因以为姓。"①《山东通志·疆域志·古迹》(雍正本)载:"寿丘在县东北六里,黄帝生于寿邱。"北魏郦道元认为黄帝生于天水:"黄帝生于天水,在上邽城东七十里。"②上邽为古县名,在今甘肃省天水市清水县境内。另一种说法是根据地方志和地方地理及地方传说,认为黄帝的出生地在今甘肃正宁县子午岭南。

还有一说认为,黄帝生于陕西境内黄土高原黄陵境内。这种说法引战国邹衍五行之说,以土、木、金、火、水为次,土居首,黄帝为五帝之首,应得土德,土色黄,故曰黄帝。从文献和考古考证,发现黄帝生活的时代为母系氏族社会的新石器时代,在陕西黄陵地区发现大量的新石器时代遗址,有极其丰富的彩陶文化遗存。

黄帝建都之地

关于黄帝建都之地,大概有以下几种说法:

涿鹿说。认为黄帝建都于今河北涿鹿县,《怀来县志》(康熙)有关涿鹿故城的记载:

《通志》:在保安州南,本黄帝所都,汉县,后魏省。旧志:州东南十四里有土城,陇阜累累,制甚宏阔,有黄帝庙。《明志》

---

① 司马迁:《史记·五帝本纪》,中华书局,1959,第2页。
② 郦道元著,谭属春、陈爱平校点《水经注》,岳麓书社,1995,第292页。

谓之轩辕城,即此。按:矾山有故城村。《地理志》及魏《土地记》:涿鹿城东一里有阪泉。又《括地志》云:黄帝泉出五里至涿鹿,今泉在七旗里,去故城约五里许,以泉流出沟处计之则一里也,世传即古涿鹿城。

《宣府镇志》(嘉靖)记载:

涿鹿山:在涿鹿县。黄帝所都。《一统志》曰:保安州西南五十里。

有熊说。认为黄帝建都于今河南新郑。《帝王世纪》记载:"黄帝都有熊,今河南新郑县也。"[1]

陈仓说。认为黄帝建都于今陕西宝鸡市。《水经注》记载:"渭水东过陈仓县西。"[2]郦道元注:"黄帝都陈在此。"[3]《陕西通志·帝系》(雍正本)记载:"秉数乘刚,而都于陈,今宝鸡故陈仓。"

还有一种说法认为黄帝建都之地在昌都,《汜水县志》(民国)记载:"昆仑之丘有黄帝故宫,系在昌都,因据昆仑之阳,二水环绕,畿辅左右华封万里,一身都也。"

---

[1] 皇甫谧:《帝王世纪》,中华书局,1985,第4页。
[2] 郦道元著,谭属春、陈爱平校点《水经注》,岳麓书社,1995,第470页。
[3] 罗泌:《路史·后纪三》,清光绪二年刻本。

黄帝游历四方古迹

黄帝游历四方的说法大多来自《史记·五帝本纪》的记载：

东至于海，登丸山，及岱宗，西至于空桐，登鸡头，南至于江，登熊、湘。北逐荤粥，合符釜山，而邑于涿鹿之阿。①

对于上述地方的具体考证，历来都有不同的说法。"东至于海"中的"海"一般认为是山东濒临的黄海，"登丸山"中的"丸山"，【集解】徐广曰："丸，一作'凡'。"骃案：地理志曰丸山在郎邪朱虚县。【索隐】：注"丸，一作'凡'。"【正义】：丸音桓。《括地志》云："丸山即丹山，在青州临朐县界朱虚故县西北二十里，丹水出焉。"丸音纨。守节案：地志唯有凡山，盖凡山丸山是一山耳。诸处字误，或"丸"或"凡"也。《汉书郊祀志》云"禅丸山"，颜师古云"在朱虚"，亦与括地志相合，明丸山是也。可见丸山即凡山，在古青州朱虚县，今天的山东省临朐县临朐镇。"及岱宗"中的"岱宗"就是今天山东的泰山，唐代著名诗人杜甫在其诗《望岳》中说"岱宗夫如何？齐鲁青未了"更证实这种说法。"西至于空桐"的"空桐"

---

① 司马迁：《史记·五帝本纪》，中华书局，1959，第6页。

在何处，在下文"黄帝问道古迹"里继续探讨。"登鸡头"中的"鸡头"一般认为是鸡头山，位于甘肃成县西，即甘肃平凉西崆峒山上，亦曰笄头山，也有的人认为"鸡头"和"空桐"共指一山。"南至于江"的"江"指的是长江，而"登熊、湘"中的熊、湘是哪里呢？研究者陈首涛认为"熊"指的是安化县熊耳山。熊耳山，东西各一峰，像两只熊耳，故名。《新化县志》记载：熊山，昔黄帝登熊山，意即此也。"湘"大家一致认为是洞庭湖内的君山。"北逐荤粥"中的"荤粥"就是匈奴，至于黄帝在何处合符联盟各部落，将在下面介绍。

黄帝合符之地

符又称符节、符信，多以竹、木、兽皮、玉、骨等为材料，制成后一分为二，供持有者双方相互印证，也就是合符。合符是中国流传久远的一项合盟信物制度，在文字发明之前常用于重大的政治、行政、庆典、军事等活动。黄帝"合符釜山"一事，在司马迁的《史记·五帝本纪》中有明确记载。为此，釜山被视为黄帝与各部族代表合符之地，即统一符契、共同结盟的地方。从此之后，华夏民族大小部落归于黄帝麾下。历史学家们认为，"合符釜山"是中华民族历史上的一个重大转折点，自此古代部落形成部落联盟，走向了民族的融合、统一，对中华民族的形成和发展有极其重要的作用，"釜山"也因此而成为中华大一统的开端之所和中华民族的发祥之源。

《史记·五帝本纪》记载："北逐荤粥，合符釜山，而邑于涿鹿之阿。"①传说黄帝与其他部落一起联盟，釜山就是合符之地。那么釜山在哪里则说法不一。张守节引《括地志》云："釜山在妫州怀戎县北三里。"《旧唐书·地理志》妫州怀戎县条下记："后汉潘县，属上谷郡，妫水经其中，（妫）州所治也。"②可见潘城也就是妫州。涿鹿县保岱乡的西古城就是妫州。《太平御览》卷四十五、地部十引《后魏舆地图风土记》曰："潘城西北三里有历山，形似覆釜，故以名之，其下有舜庙、替里祠存焉。"③可知历山即覆釜山，即釜山。保岱村西北约三里有窑子头村，村外群山中有一山形体圆整恰如覆釜，当地有许多传说，据云其山即覆釜山或釜山。就其在古妫州城的西北三里余而论，基本认为釜山在此地。

涿鹿之野

一种说法认为黄帝与蚩尤涿鹿之战的地点在山西南部。根据传说，黄帝的部队将蚩尤一伙追击在古冀州的解镇一代，生擒蚩尤，砍其首，解其体，粉其身，碎其骨，后人因此名此地曰"解

---

① 司马迁：《史记·五帝本纪》，中华书局，1959，第6页。
② 刘昫：《旧唐书》，中华书局，第1047页。
③《后魏舆地图风土记》，《太平御览》卷四十五，清光绪二十年石印本。

州",其含义是蚩尤解体之地。汉代曾在此设解县,五代升解州,民国初复为解县。相传蚩尤被解体后,血流成池,即今运城盐池。宋代沈括在《梦溪笔谈》中说:

解州盐泽,方百二十里,久雨,四山之水悉注其中,未尝溢;大旱未尝涸。卤色正赤,在阪泉之下,俚俗谓之蚩尤血。①

据上可知,盐湖呈现红色,民间传说为蚩尤血,可知阪泉就在盐池附近。

还进一步说道:

轩辕氏诛蚩尤于涿鹿之野,血入池化卤,使万民食焉。今池南有蚩尤城,相传是其葬处。②

《太平寰宇记》亦记载,安邑县(故治在今运城市境)南一十八里有蚩尤城,今称"从善村",村名含义系蚩尤弃恶从善不再为害之意。村内有蚩尤墓,《安邑县志》还有"蚩尤村向奉蚩尤"之记载。

《尔雅·释地》说:"两河之间曰冀州",两河即古黄河不同流向之东、西黄河,山西正在两河之间,所以山西正处冀州。

---

① 王洛印译注《梦溪笔谈译注》,上海三联书店,2014,第41页。
② 同上。

唐代诗人王翰咏解州之《盐池晓望》诗有"涿鹿城头分曙光,素池无练迥无尘"句,乃涿鹿在山西之佐证。

《史记·封禅书第六》载:"三曰兵主,祠蚩尤。蚩尤在东平陆监乡。"①

另有学者根据《涿鹿县志》记载认为是在河北涿鹿县。

《涿鹿县志》(1994年版)记载:蚩尤三寨,位于矾山镇西南数里的一处黄土崖上,有三处犄角互恃,紧相毗连的土寨残垣,据说是蚩尤屯兵之所,分为"南寨""中寨""北寨",号称蚩尤三寨。

在今矾山镇东南一点五公里的龙王堂村,村中心有龙泉寺,寺内有古今闻名的蚩尤泉。泉直径二点五米,水深三米。泉边有二十多米高的千年古松一株,名为"蚩尤松"。

在保岱村北有座锥形五亩大长方丘,据老辈人们说那是蚩尤坟。此坟占地约两千七百平方米,高约六米多。传说黄帝怕蚩尤转世,扰乱天下,叫人将蚩尤的尸体大解数块,各埋一方。人们觉得蚩尤死得惨,世世代代很少有人动那块土,至今还在。

蚩尤血染山,位于辉耀村北,北山坡上有一片红似血的山岩,传说,此处正是黄帝斩蚩尤处,这片红岩是蚩尤血染红的。

根据《兖州府志》记载:

蚩尤冢,在兖州城东北八里。传言蚩尤与黄帝战,黄帝克之

---

① 司马迁:《史记·封禅书》,中华书局,1959,第1394页。

于涿鹿之野，身体异处，故别葬焉。

蚩尤冢，在南忘湖，故寿张境也。《皇览》曰：蚩尤冢在东郡寿张县阚乡城中，冢高七尺，常以十月祠之，有赤气出如绛，民名为蚩尤旗。

刑天葬地

关于刑天的身份，《路史·后纪三》载："神农乃命刑天作扶黎之乐，制丰年之咏，以荐厘来，是曰'下谋'[①]。"据此，刑天是神农时期的乐工。但在神话中，刑天是一位天神，与黄帝（天帝）争夺帝位，被天帝割去头颅，葬在常羊山，《山海经·海外西经》记载："刑天与帝至此争神，帝断其首，葬之常羊之山，乃以乳为目，以脐为口，操干戚以舞。"[②]《淮南子·地形训》高诱注："形残之尸，于是以两乳为目，腹脐为口，操干戚以舞。天神断其手后，天帝断其首也。"[③]

有人认为常羊山位于今天甘肃省陇南地区西和县南境的大桥乡的仇池山，另有蛟氏女所感应的神龙也在此。

[①] 罗泌：《路史·后纪三》，清光绪二年刻本。
[②] 《山海经》，郭超主编《四库全书精华 子部》第3卷，中国文史出版社，1998，第2691页。
[③] 刘文典：《淮南鸿烈集解》，中华书局，1989，第561页。

黄帝问道古迹

《大明一统志》卷三四《凤翔府·宝鸡县》记载问道宫：是黄帝向广成子问道的地方，在崆峒山。崆峒山，在府西三十里，上有问道宫。《庄子》谓：黄帝学道广成子，盖在此山。笄头山：黄帝西登崆峒山，曾上此山。在崆峒山西，以形似名。[①]《史记》：黄帝西至于崆峒，登笄头山。即此。[②]

也有学者认为黄帝问道崆峒山，不在陕西也不在甘肃，而是在蓟县崆峒山，即现在的府君山，位于蓟县城北一公里处，主峰海拔三百零二米，《蓟县县志》记载：崆峒山，传黄帝问道之所。崆峒洞在极顶，为广成子修炼之所。该学者认为黄帝建都今河北涿鹿，离蓟县较近，黄帝第一次问道碰壁，闲居三个月后，又去蓟县见广成子不是难事，比较符合《庄子》记载的史实。涿鹿离蓟县还不足二百公里，而离甘肃平凉直线距离也在两千公里以上，且还隔着太行、吕梁等众多山脉和黄河、汾水、渭水等天险，在当时环境恶劣、交通极为落后的情况下，黄帝不可能在三个月内两度远涉甘肃平凉。

河南汝州市也有黄帝问道处。《广博物志》卷五引《三水小牍》说：汝州临汝县广城坡之西垠，有小山曰崆峒，即黄帝

[①] 庄周著，王岩峻、吉云译注《庄子》，山西古籍出版社，2003，第105~106页。
[②] 司马迁：《史记·五帝本纪》，中华书局，1959，第6页。

访道地。①

黄帝陵庙

现在为大家公认的黄帝陵,位于陕西省黄陵县城北一公里处的桥山之巅,桥山总面积8500亩,有水环绕,又群山环抱,山上有古柏林,相传为黄帝所种植。黄帝庙占地17.3亩,中轴线上分别有山门、过亭、碑亭和大殿,东侧是碑廊,西侧有接待室和文物陈列室,院内有著名的"黄帝手植柏",高19米,胸径11米。山顶正中就是黄帝陵,向南,陵园长103米,前宽46米,后宽81米,占地9.7亩,陵园内有200多棵松柏,陵前祭亭内石碑上刻郭沫若书写的"黄帝陵"三字。亭后冢前立一石碑,上刻"桥山龙驭",传说是黄帝御龙飞天的地方。

除了官方承认的黄帝陵庙之外,在全国各地还分布着许多黄帝庙和与黄帝相关的庙宇,以山西省为例:

三皇庙:在太原市北。

黄帝庙:在阳曲县布政司前郭戬巷。

轩辕庙:在阳曲县南关。

定襄三皇庙,在古文昌祠北。久废。

汾阳三皇庙:在县城西南,系永和废府遗址。

---

① 董斯张:《广博物志》卷五,岳麓书社,1991,第102页。

汾阳轩辕庙：在城东北三里，故显村。

大同三皇庙：在南瓮城内，前代祀为医师，元元贞初，通祀三皇。

浑源三皇庙：在南门。

灵邱三皇庙：在城西南隅。顺治十五年修。

太谷三皇庙：在距河门外三里，宋元时建。

阳城轩辕庙：在刘善村北天坛山。

曲沃轩辕遗迹：轩辕庙，在东北乔山中峰，相传乔山即桥山。

洪洞三皇庙：有二，一在县东古县村，一在县东苏堡村。

黄帝庙：在洪洞县西公孙堡。

襄陵轩辕庙：在襄汾县东南赤邓村。

襄陵三皇庙：在襄汾龙闽峪西峰。

新绛黄帝庙：在城东北木赞庄。元时建。明崇祯十一年重修。

临汾三皇庙：在城内古市坊。

闻喜三皇庙：在东董村。

隰州三皇庙：在城东三十里合桑树，后移城北街口。

上述这些都是在地方志里记载的黄帝庙宇信息，如今，由于时代变迁，山西各地祭祀的神灵多种多样，保存完整的黄帝庙宇已经不多见。比较有名的当属曲沃县下陈村的黄帝庙。

曲沃县下陈村，属曲村镇，村中居民四百三十余人。黄帝庙位于该村正北，坐北面南。一重院落，东西宽四十四米，南北长三十二米多。庙内现存舞楼、正殿、献殿等建筑。由于保护不善，现存建筑损坏严重，已成危房。

黄帝所葬之桥山是否即为曲沃县境之桥山，由于资料的缺乏不得而知，但可肯定的是，在现存的古代正式文献记录中少有这样的说法。但黄帝五帝之首、华夏始祖的身份，及其战蚩尤、败炎帝，命大臣造文字、定音律、做指南车等伟大的历史功绩确实值得曲沃人民认为该县境内的桥山即为黄帝死后的安身之所，这一点也可根据曲沃县境内的黄帝庙得到证明，而其周围的其他县市则很少有崇拜黄帝的。此外，据民国以前的曲沃县志记载，县境内的黄帝庙址主要分布在：县城内，桥山中峰，蒙城镇，东庄，西张寨，南平望，白冢，北辛村，席村，中张寨，小李村。曲沃旧县城与县志中的这几个村庄现在也都还基本存在。从以前的曲沃县的地域范围讲，包括下陈村黄帝庙在内，这几座黄帝庙大多分布在桥山周围，即曲沃县的东半部分，而曲沃县西半部分的侯马等地则不多（之所以用以前的曲沃县地域范围，是因为它的西半部分在新中国成立后已从曲沃县分离出来，独立成侯马市）。再据旧县志记载可知，曲沃县最早的黄帝庙即为桥山中峰的黄帝庙，其具体修建的年代是五代后周时期的显德年间，"一在桥山中峰，后周显德中建，今庙毁，石柱、铁瓦犹存。遇旱祷者，有片云止檐际，辄雨"。

关于黄帝葬地，学者大多根据《史记·五帝本纪》："黄帝崩，葬桥山"①来推断，一般认为桥山的具体地点还有几种说法：

一、陕西中部黄陵县桥山。《册府元龟》记载：坊州有轩辕黄帝陵，请置庙四时享祭，列于祀典。《寰宇记》记载：坊州，中部县，黄帝庙，大历七年置，开元二年敕修庙祭祀，在州西二里。《明一统志》记载：黄帝庙在中部县东三里，旧在桥山陵旁，宋开宝中移建于此。这种说法被国家承认，是国务院公布保护的第1号古墓葬。

二、甘肃东部子午岭桥山。《地理志》说：上郡阳周县桥山南有黄帝冢。

三、河北涿鹿桥山。杨倩描在《北魏王朝与涿鹿黄帝庙祭》中说：北魏太宗明元帝于神瑞二年（415年）六月"幸涿鹿，登乔山，观温泉，使以太牢祠黄帝，唐尧庙"。泰常七年（422年）九月明元帝再次"驾幸桥山"，"遣使者祠黄帝、尧舜庙"。和平元年（460年）正月，文成帝拓跋濬"东巡，历桥山，祀黄帝"②。

也有一些地方说有桥山，多为附会之说，不足为信。

嫘祖故里

嫘祖故里在何处？历来有不同说法。研究者在寻找文献依据

---

① 司马迁：《史记·五帝本纪》，中华书局，1959，第10页。
② 杨倩描：《北魏王朝与涿鹿黄帝庙祭》，《张家口职业学院学报》，2000年第1期。

时，必引《史记·五帝本纪》的一段话："黄帝居轩辕之丘，而娶于西陵之女，是为嫘祖。"①张守节《史记正义》说："西陵，国名也。"这里的"国"指的是远古氏族部落而言，也有学者称之为方国，嫘祖故里之争，无不围绕对西陵的考证进行的。大概有下列几种说法：

四川盐亭说。盐亭县有西陵山，西陵村，并有多处与嫘祖治丝相关的遗迹，如嫘祖墓、嫘祖殿、嫘轩宫以及蚕丝山、藏丝洞等。位于金鸡镇的嫘祖山，还有刻于唐开元二十一年（733年）的《嫘祖圣地碑》，说："女中圣贤王凤，黄帝元妃嫘祖，生于本县嫘祖山，殁于桑溪场，遵嘱葬青龙之道。"盐亭丝织业有悠久的历史，民间流传嫘祖故事很多，至今民间每到先蚕节，即祭祀嫘祖。

湖北宜昌说。《战国策·秦策四》说："顷襄王二十年，秦白起拔楚西陵。"②《史记·楚世家》说："二十年，秦将白起拔我西陵。"③《汉书·地理志上》载："江夏郡"有"西陵县"。④从地理位置上看，宜昌处于三峡之西陵峡口，有一山，名西陵山，山上建有嫘祖庙。宜昌历史上蚕丝业发达，相传农历三月十五为嫘祖生日，每年此时，宜昌乡民都要举行庙会。

河南西平说。《武威汉简》有记载："河平元年，汝南西陵县

---

① 司马迁：《史记·五帝本纪》，中华书局，1959，第10页。
② 刘向编订《战国策》，上海古籍出版社，2008，第78页。
③ 司马迁：《史记·楚世家》，中华书局，1959，第10页。
④ 班固：《汉书·地理志》，中华书局，1999，第1261页。

昌里，先年七十受王帐。"① 说明在西汉时，汝南郡曾设过西陵县，在今河南。《水经注·沅水》载："西陵平夷，故曰西平。其西吕墟，即西陵亭也。"② 西平董桥有新石器时代遗址。西平和盐亭、宜昌一样都有植桑养蚕、缫丝的历史和嫘祖的传说。

仓颉故里

相传仓颉是平山脚下临汾市西赵村人，古时曾立有"仓颉故里"碑，可惜被毁，现村里立有清康熙时期"仓颉造字处"石碑一通。

仓颉造字的传说我们耳熟能详，他结束了原始人类"结绳纪事"的年代，创制了最初的象形文字。汉字的出现，标志着中国历史走进了由文字记载的历史，是历史长河中的大事，对后世有着重要的影响。

风后陵

风后陵，在今山西芮城县风陵渡镇赵村东南，高二米余，周围三十米。因唐代圣历元年（698年）在此置关，故称风陵关，又称风陵津，是黄河南泄转而东流之地，津即渡口，所以后称风

---

① 甘肃省博物馆、中国科学院考古研究所编著：《武威汉简·王仗十简》，文物出版社，1964，第140页。
② 郦道元著，谭属春、陈爱平校点《水经注》，岳麓书社，1995，第470页。

陵渡。《解县志》（民国）记载风后陵：

> 风后，海隅人（即解之盐海），为黄帝相。《帝王世纪》黄帝梦大风吹，天下之尘垢皆去。帝寤而叹曰：风为号令，执政者也，垢去土后在也，天下岂有姓风名后者哉？于是依占求之，得风后与海隅，登以为相，与力牧共正症，天地治，神明至。帝因著《占梦经》十一卷。今风陵在风陵乡，以风后冢名。

据神话传说，轩辕黄帝和蚩尤战于涿鹿之野，蚩尤作大雾，黄帝部落的将士顿时东西不辨，迷失四方，不能作战。这时候，黄帝的贤臣风后及时赶来，献上他制作的指南车，给大军指明方向，摆脱困境，终于战胜蚩尤。可惜风后在这场战争中被杀，埋葬在这里，后来建有风后陵。

还有一种说法认为，风后陵即凤陵，为女娲陵墓，女娲为凤姓，故称凤陵。

关于风后的遗迹另有其他一些说法。《新郑县志》（康熙）记载："风后顶，在新郑界内。风后，黄帝臣，明天道。今具茨山最高处，名风后顶，正新郑界内。"

四

文化内涵

（一）黄帝文化内涵的核心：和

黄帝文化，当指黄帝及其属众的社会方式，包括物质的与非物质的产品之总和。① 黄帝文化乃中华之源，是中华文化之脉，因此，由黄帝文化所生发的黄帝精神，应该是黄帝所开创的帝业和其"历史化"特征，中华文化由此产生，中华精神由此生发与继承并发扬光大。从黄帝的神话传说和历史文化来看，黄帝文化内涵集中体现在中华文化中"和"的思想内涵上。正如习近平总书记所说："中华文化崇尚和谐，中国'和'文化源远流长，蕴涵着天人合一的宇宙观、协和万邦的国际观、和而不同的社会观、人心和善的道德观。"② 在当代中国文化建设中，黄帝文化中的"和"思想应该包含着"和谐""包容""创新""力持""踏实"等等意义，这些黄帝文化的核心将是我们中华文化建设的核心理念。一

---

① 李耀宗：《试论黄帝文化与黄帝精神》，《民间文化论坛》，2009年第1期。
② 习近平：《在中国国际友好大会暨中国人民对外友好协会成立60周年纪念活动上的讲话》，《人民日报》，2014年5月16日。

方面，黄帝部族与炎帝部落和蚩尤部落的大战固然有违道义。但从历史的长远角度来看，这样的战争也有积极的一面，他将农业文明、游牧文明和狩猎文明相互融合，并确立了以农业为主的基本形态，农业的长足发展摆脱了人民长期逐水草而居的生活态势，使人们开始定居生活，城市开始发展。这样的融合促进了各民族文化、地域的稳定和进一步统一。这样的统一又不等同于消灭。相反，黄帝时期的治政理念和改良发明又体现了中华民族无限的包容性和开放性。鼓励融合各民族文化中的优秀成分，在融合的基础上发展创新，"和而不同"，"异中求同"，本身是"和"的重要体现。另一方面，黄帝的大一统局面的形成和文化的初次繁荣，促进了华夏民族对于民族与家族观念的认同，强化了彼此的血脉亲情，是民族亲情上的"和谐"。华夏人民共宗黄帝，是对和平安定生活的向往，对和谐统一的中华民族的广泛认同。随着"和"文化的发扬光大，黄帝文化、华夏族文化、中华民族文化不断继承并发扬文化优秀成分，形成了当代中华文化，使得中华民族傲然屹立于世界民族之林。

中华民族的精神象征——龙

中华民族中的龙图腾是以一种图腾为主干、众多图腾组合而成的。龙本身，就是氏族部落融合与统一的产物，更是中华民族的精神象征。在中国古代文献中，龙作为图腾，出现很早。大约七千年前，伏羲和女娲是当时显赫的氏族部落，他们的部落就以龙为图腾。在汉代画像石中，伏羲和女娲的形象，即为人首蛇身交尾状。这说明，在中国古代的图腾崇拜中，龙与蛇是经常相混杂的。黄帝时期，黄帝以龙为图腾、标志与文化符号，所以也称"龙族"。黄帝时期的部族，是充分融合了周边各民族以及各民族优秀文化的结果，所以，龙图腾充分体现着中华的"和"文化，而龙文化的发生、发展与演变过程更进一步表明，龙作为中国各族人民共同的创造，既是中华民族智慧的结晶，也体现了中华民族精神——各民族相互融合，共同进步。

山西博物院文明摇篮厅陈列着在山西省临汾市襄汾县陶寺村出土的陶寺蟠龙。据考证，该蟠龙上限为大约距今四千五百年的尧文化时期，属新石器时期龙山文化时期典型代表。陶寺蟠龙通高8.8厘米，口径7厘米，底径15厘米。盘口向外敞开，口沿斜折，盘内中心绘着一条身体蜷曲的龙。龙纹在盘的内壁和盘心做蟠曲状，头在外圈，身在内圈，尾在盘底中心。从陶寺蟠龙的具体形象来看，蛇躯鳞身，方头，豆状圆目，张巨口，牙上下两排，长舌外伸，舌前部呈树杈状分支，与商周蟠龙的明显区别是无角也无爪。陶寺蟠龙似蛇非蛇，似鳄非鳄，应是两种或两种以上动物的合体。陶寺龙盘在出土时与一批礼器性质的重器同出于大墓，充分说明在这个处于中国早期国家形态的社会中，已经将龙作为崇拜的图腾。

世界各国远古时代的原始社会，都由许许多多分散的氏族部落所组成。美国氏族部落都有自己的图腾。所谓"图腾",也就是各个氏族部落的崇拜物、象征和标志,或可说是"族徽"。图腾,一般是自然界客观存在的事物和现象。例如,牛、马、羊、鱼、鸟、蛇等动物和一些植物,都曾经被视作为图腾。自然界并不存在龙,因此最初的氏族部落也不会以龙为图腾。

著名学者闻一多在《伏羲考》中谈到了"龙图腾",他说:"然则龙究竟是个什么东西呢?我们的答案是,它是一种图腾(Totem),并且是只存在于图腾中而不存在于生物界中的一种虚拟的生物。因为它是由许多不同的图腾糅合成的一种综合体。"对此,他又做出了进一步的阐释:"龙图腾,不拘它局部的像马也好,像狗也好,或像鱼,像鸟,像鹿都好,它的主干部分和基本形态却是蛇。这表明在当初那种众图腾林立的时代,内中以蛇图腾为最强大。众图腾的合并与融化,便是这蛇图腾兼并和同化了许多弱小单位的结果。"①闻一多的这种基本见解,比较符合于考古发现的龙图形,也为众多学界人所认可。

随着氏族部落之间发展的不平衡,氏族部族有的壮大起来,有的逐渐衰落,经过多次的兼并和融合,以蛇为图腾的氏族部落居于主导地位,组成部落联盟。这个部落联盟的图腾,为具有充分的代表性、象征性,就以蛇为主干,吸收其他融合进来的氏族部落图腾最有代表性的部分,如鹿的角、牛的耳、鱼的鳞、鹰的爪、

---

① 闻一多:《神话与诗》,吉林人民出版社,2013,第21~22页。

马的尾等等。这样形成一种新的图腾,就是龙。龙作为黄帝族的图腾和标志,也即"族徽",其地位更加突出。《史记·五帝本纪·正义》说,黄帝"母曰附宝,……见大电绕北斗枢星,感而怀孕,……生日角龙颜,有景云之瑞,以土德王,故曰黄帝"①。《史记·封禅书》说:"黄帝得土德,黄龙地螾见。"② 其他古书上,也有很多类似记载。如《山海经·海外西经》说"轩辕之国……人面蛇身,尾交首上"③。这里所说蛇身,即龙身。总之,传说黄帝出生就很不一般,是他母亲附宝受了龙以雷电闪光形态感应而怀孕的结果。黄帝出生后颜面像龙,身体也像龙,黄帝出行更是像驾龙一样。

《史记·封禅书》还有一段关于黄帝"骑龙升天"的生动描述:传说黄帝在首山采铜,在荆山下铸鼎。鼎铸成后,这时有一条龙从天而降,垂着胡须,来迎接黄帝。"黄帝上骑,群臣后宫从上者七十余人。龙乃上去。余小臣不得上,乃悉持龙髯,龙髯拔,堕,堕黄帝之弓。百姓仰望黄帝既上天,乃抱其弓与胡髯号……"④

黄帝以龙为图腾、标志与文化符号,所以也称"龙族"。黄帝去世后,黄帝之孙颛顼继任部落联盟的首领,仍以龙为图腾。古书上有关这方面的记载也不少。《大戴礼记·五帝德》说:颛顼"乘龙而至四海,北至于幽陵,南至于交趾,西济于流沙,

---

① 司马迁:《史记·五帝本纪》,中华书局,1959,第2页。
② 司马迁:《史记·封禅书》,中华书局,1959,第1366页。
③ 《山海经》,郭超主编《四库全书精华·子部》第三卷,中国文史出版社,1998,第2691页。
④ 司马迁:《史记·五帝本纪》,中华书局,1959,第1394页。

东至于蟠木"①。也就是说，东起东海之滨，西至甘肃西部，南至广西和越南北部，北到北京一带，都是颛顼的龙族疆域。《左传·昭公十七年》载："卫，颛顼之虚也，故为帝丘。"②卫，在今河南濮阳一带。据此，有专家认为，濮阳龙虎图的墓主人，可能是颛顼。

继黄帝、颛顼之后，成为部落联盟首领的是帝喾，据《大戴礼记·五帝德》载，帝喾"春夏乘龙，秋冬乘马"③。中国古代有所谓"龙马精神"，也就是昂扬向上的精神。五帝中的最后两位尧、舜，传说也都与龙有关。据《今本竹书纪年》说，尧的母亲庆都，"常有龙随之"，后由"赤龙感之，孕十四月而生尧于丹陵"④。舜的母亲握登，看见大虹，受感应而生舜。舜是"重瞳子，龙颜"。尧舜时期，许多部落进一步互相融合，形成以华夏族为主体的共同体。大禹作为华夏族也即首领，创立了中国第一个王朝——夏，继之而起的是商、周……可见，"龙的传人"一说，源远流长、世代承袭，以至于今。

"龙的传人"说法，不仅在汉族中盛行，许多少数民族也有类似说法，中国各民族文化相互交融，你中有我，我中有你，龙文化也不例外。《山海经·海内经》说苗民为"人首蛇身"，贵州

---

① 黄怀信主撰《大戴礼记汇校集注》（下），三秦出版社，2005，第731页。
② 杨伯峻编著《春秋左传注》，中华书局，1981，第1391页。
③ 黄怀信主撰《大戴礼记汇校集注》（下），三秦出版社，2005，第748页。
④ 李昉编纂《太平御览》卷八十五，清光绪二十年石印本。

苗族同胞有不少以龙崇拜为主题的民俗,侗族民间有舞草龙的习俗,白族祭祀白龙、黄龙,水族春节舞龙灯,傣族也喜欢赛龙舟。

被称为"群经之首"的中国古代典籍《周易》,有两句话十分精辟,被视为中华民族"和"文化精神的高度概括:"天行健,君子以自强不息;地势坤,君子以厚德载物。"① 龙正是"自强不息"与"厚德载物"的化身。

天、地、人密不可分。人处于天地之间,必须与天地和谐共生,融为一体。

"天行健,君子以自强不息",是说天体(大自然)运动永无休止,人要像天一样,生命不息,前进不止。龙可以呼风唤雨,升空潜海。无所不能,无所畏惧。《周易》对此有十分生动的描述,集中反映在"乾"卦爻辞中。"初九,潜龙勿用。九二,见龙在田,利见大人。九三,君子终日乾乾,夕惕若,厉无咎。九四,或跃在渊,无咎。九五,飞龙在天,利见大人。上九,亢龙有悔。用九,见群龙无首,吉。"② 这一段话,把龙从潜伏、显现、成长、活跃、腾飞以致完满的全过程,做了分阶段的描述。中华民族的自强不息精神,在龙这种虚拟动物身上,得到形象生动的体现。

"地势坤,君子以厚德载物",是说大地宽厚,无边无际,人要像地一样胸怀宽广,接纳包容。龙由蛇身、鹿角、驼

---

① 《周易正义》,载阮元校刻《十三经注疏》,中华书局,1979,第11~16页。
② 同上。

头、鱼鳞、鹰爪、虎掌、牛耳……组合而成，取众多动物之所长，使之融为一体，才有非凡的本领、无比的神通。"海纳百川，有容乃大。"中华民族厚德载物的精神，也在龙身上，得到形象生动的体现。在黄帝时期的文化继承与创新中，最能体现中华文化的就在于龙的这种融合创新精神。《礼记·乐记》载"五色成文而不乱"①。"化"，本义为"造化、生成"，引申为"教行迁善"之义。文化只有和谐共生，才能进一步繁荣。

自强不息与厚德载物，这两方面是缺一不可、相辅相成的。没有自强不息精神，精神萎靡，无所作为，不可能厚德载物，接纳包容；没有厚德载物精神，心胸狭窄、嫉贤妒能，也无法自强不息，永远前进。在《汉语大词典》中，有关"龙"的词条达七百多条，"龙腾九州""龙马精神""飞龙在天"，都是对中华龙的歌颂与赞美，是激励炎黄子孙不断奋进的精神内涵。在这种"和"文化精神的指引下，中华民族在辉煌灿烂和大一统，在历经苦难、分裂和屈辱的历史演进中，不断用行动和实践促进着各民族的相互融合，中华民族的形成、发展和壮大，走向伟大复兴，正是自强不息、厚德载物精神发扬光大的结果，是中华"和"文化的具体展示。

---

① 《礼记正义》，载阮元校刻《十三经注疏》，中华书局，1979，第1536页。

中华民族的开放包容

黄帝时期，经过阪泉之战，黄帝战胜炎帝，暂时结成了部落联盟，形成了农业文明和游牧文明的融合，再经过涿鹿之战，黄帝打败蚩尤，中华文明又融合进了狩猎文明。炎帝部落和东夷部落的一部分先民结合，随后，炎黄部落又和南部蛮族的一部分先民融合，这样，随着黄帝与周边氏族长期不断的交往和融合，中原的范围不断扩大。黄帝以"龙"为部族图腾，在吸收各民族优秀文化的基础上继承、创新了中华文化，使中华文化第一次闪耀出灿烂的光芒。在华夏族基础上形成的中华民族是世界上人口最多的民族，在五千年历史的不断演进中，中华民族不断在"和"文化的精神指引下，积极促进民族融合，逐渐形成了有共同语言、文化、情感和习俗的中华民族。华夏族为汉族前身，其本身就是一个多元的，包含着许多族群的群落。在黄帝成为天下的共主以后，中原大地形成了一个凝聚的核心，这个核心不断向四周扩散，一方面扩大自己的文化影响力，另一方面又积极吸收周边各族的优秀文化，使得中华民族的文化不断丰富。可以说，黄帝文化已经经历华夏文化、中华民族文化，汇聚成我们现在的中华文化，在继承与融合创新中形成属于我们所有中华儿女的文化。

黄帝的帝业发祥于中原地区。中原本是个地理概念，即中部原野的简称。有人据此认为，这里是天下之中心，即"天中"。

华夏族发祥于天下的中心,后来也就有人称之为"中国"。所以,"中国"最早的含义只限于中原地区,以后随着华夏族与周边其他各族的交往、融合而称"中华"。再后,又有人把"华夏"和"中国"各取一字,连接起来就是"中华"。华夏族就是在炎黄集团基础上形成和壮大起来的,黄帝最初是华夏族尊奉的始祖。

华、夏二字的由来,有各种不同的解说。最早记载华夏二族的《左传·定公二年》说:"裔不谋夏,夷不乱华。"[1] 有的历史学家认为,"华"源于远古时期的华胥国。所谓华胥国就是华胥氏部落,生活在今陕西蓝田县华胥镇一带。相传华胥氏为伏羲和女娲的母亲。也有学者认为,"华"因华山而得名,"夏"则由夏水(即汉水)而得名。

彼时与华夏族同时并存的,还有"四夷"。所谓"四夷",就是生活在中原四周的各族:东夷、西戎、南蛮、北狄。华夏族,由于是中原地区融合多民族而成,所以也称为"诸夏"。而东夷、西戎、南蛮、北狄,也并不是单一部族,同样包括许多族群。

中国自古以来就把"夷夏之辨"作为一个重大问题提出。夷、夏的区别,一是血缘、二是地域、三是文化。开始以血缘为主要区分标志,后来随着华夏族和四夷的交往和融合,逐渐以文化为主要标志。华夏族文明发展较早,通过和周边各族在文化上不断交流融合,互相取长补短,才得以不断前进。

---

[1] 杨伯峻编著《春秋左传注》,中华书局,1981,第1578页。

中华民族是中国境内包括五十六个民族组成的共同体，是以汉族为核心的多元一体结构。在华夏族形成、发展的基础上，经过春秋战国时期漫长的斗争、兼并和融合，到秦始皇统一中国，特别是汉代，终于形成了汉民族。黄帝"合符釜山，而邑于涿鹿之阿"，统一中原，开始从部落联盟向国家过渡、历经黄帝、颛顼、帝喾、尧、舜的五帝时代，通过多年不断兼并、融合，到公元前2070年夏朝建立，禹的儿子夏启开始"家天下"，标志着多元一体的王朝国家正式建立起来。华夏民族逐渐发展为汉民族，使多元一体格局中的核心，具有更加强大的凝聚力。汉民族是中国人口最多的民族，生活于中华全境的中心地带，文化始终走在前面，成为中华民族的主体，是历史发展的必然。汉族的形成是中华民族形成中的一个重要阶段，具有重大的历史意义。

多元走向一体，必须有一个主体和核心。多元与一体是相辅相成的，没有一个主体和核心，多元只能是分散甚至是对抗的。

从东汉末期魏晋南北朝时期开始，直到鸦片战争时期的一千七百余年中，中华民族从多元走向一体的进程，大体经历了以下几个阶段：

汉族与其他各族的融合中发展

南北朝时期，非汉族诸族入主中原以后，面对历史悠久、人口众多、经济发达、文化底蕴深厚的汉人，入主的统治者不得不对本族实行汉化政策，虽然有非汉族统治者也曾强制推行过胡化，但汉化毕竟是主流。统一了黄河流域的北魏统治者拓跋鲜卑族，就大力推行鲜卑族的汉化。隋朝开国皇帝隋文帝杨坚、唐朝开国皇帝唐高祖李渊，实际上都是汉族与鲜卑族的混血儿。

因此，在长期发展进程中，汉族逐渐成为以华夏族为主体、同时又不断融入其他各族血统的民族。

公元618年，唐朝建立，中华民族又走向新的繁荣昌盛。至今，许多国家建有"唐人街"，反映了继汉朝以后，唐朝在世界影响之大。此时，各族之间的融合继续向前推进，文成公主进藏与松赞干布结亲，成为永载史册的汉藏和亲佳话。

各族在融合中发展

从五代十国到北宋、南宋，将近四百年，是又一次各族大混战、大迁徙、大融合时期。先后与宋对峙的辽国统治者是契丹人、金国统治者是女真人，从东北长驱直入关内，占据大片土地；以党项族为主的西部各族建立的西夏王朝，又使汉族和南方各族密切交往，这些都促进了各民族的融合。历史上这些族群消失，正是各民族融合、汉化的结果。

成吉思汗统帅蒙古族各部大军，征讨中亚，灭西夏，占领金大都。1279年，蒙古族全国政权元朝建立。

在元末农民起义的浪潮中，农民出身的朱元璋于1368年建立了明朝，重建起延续二百七十五年的汉族政权。1644年满族全国政权清朝建立，又长达二百六十七年。在清朝统治期间，汉族和其他各族曾遭受排斥和压制，但总体说来，汉族继续得到发展，民族团结得到维护。清朝前期的版图，比汉唐又有扩大，经过清前期对边疆地区叛乱的平定和收复，边疆各族的向心力更加增强，中华民族的版图不断扩大，民族凝聚力大大增强。

经过这一段时期反反复复的民族大混战、大迁徙，各族之间的融合更加紧密，中华民族的雏形开始出现。

中华民族的形成

1840年爆发的鸦片战争是中华民族历史上的一个重要转折点。包括继之而起的中法战争、八国联军入侵北京，尤其是中日甲午战争等，西方列强接连不断的侵略，给中国各族人民带来深重的苦难，也促进了中华民族的民族认同感，中国各族人民在帝国主义侵略面前，认识到自己的共同利益和共同命运，逐渐成为一个自觉的民族实体。

"中华民族"这一名词的最早出现是在近代，1902年梁启超在《论中国学术思想变迁之大势》一文中提出："上古时代，我中华民族之有海思想者厥惟齐。"[①] 辛亥革命建立中华民国后，中华民族一词广泛运用，并明确包含中国境内之各民族。孙中山先生提出的汉、满、蒙、回、藏"五族共和"，倡导各民族一律平等，表明多元一体的中华民族初步建立。

1935年，在民族生死危亡空前突出的关头，《义勇军进行曲》发出了"中华民族到了最危险的时候"的悲愤呼声，抒发了全体中华儿女的共同感情，把全体中华儿女的心紧紧地连在一起，大

---

① 梁启超：《论中国学术思想变迁之大势》，《新民丛报》第22号，1902年。

大增强了中华民族的认同感。

多元一体中华民族的巩固和完善

1949年10月1日，随着中华人民共和国的成立，标志着多元一体中华民族的巩固和完善。在中国共产党领导下，随着民族平等的实现和民族区域自治的实行，五十六个民族空前团结起来。

改革开放以来，各族人民共同走向富裕。尽管国内外敌对势力千方百计企图分裂中国，破坏中华民族大团结，各族人民的向心力、凝聚力更加增强。中华民族正以崭新的姿态，屹立于世界民族之林，满怀信心地为实现中华民族的伟大复兴阔步前进。

中华民族是中国境内各民族多元一体的总称。五十六个民族是多元，中华民族是一体。世界上有不少国家也是由多民族组成的，但并没有一个总称。中国境内的五十六个民族有一个总称——中华民族，这是中国的独特性，是其他国家所没有的。这不是某个人凭主观愿望想象臆造出来的，而是长期历史发展形成的。

民族不同于以血缘为纽带联结起来的氏族、种族。民族是在氏族社会解体后逐步形成的。血缘对于民族的形成有一定的影响，但不起决定作用。民族是由经济、文化紧密联系起来，具有共同利益和共同命运、共同心理状态和风俗习惯以及语言文化，从而具有强烈认同感和凝聚力的共同体。炎黄二帝，最初只是华夏族、汉族的远祖，随着汉族与其他各族的融合，形成了你中有我、我中有你的局面以后，炎黄二帝也就成为中华民族共同始祖的代表和象征。

中华民族的形成是与中华优秀传统文化分不开的。中华民族文化继承了黄帝文化的优秀基因，中华文化何以源远流长，其秘诀在于文化的继承和创新，集中体现就是"和"文化。无论是龙图腾、华夏族、中华民族，都是有着各自优秀民族文化的整体，而民族的融合发展，又是中华文化最深层的最精髓的体现。纵观千百年来，中华思想不断讲求"中、正、仁、和"，追求"多元一体"，就是对"和"文化的继承，中国传统文化崇尚整体、综合、包容、和谐，"和而不同""天下大同""协和万邦"，在中国人民思想观念中根深蒂固。多元一体正是这些优秀文化传统在民族关系上的反映，并得到各族人民的普遍认同。正因为如此，中国历史上各民族之间虽然有过错综复杂的压迫、分裂和战争，但中华民族作为一个整体，却始终屹立于世界民族之林。

中华姓氏皆宗炎黄

姓氏，是一个人血缘关系的标志和符号。中华民族姓氏文化源远流长，它是我们宗族观念的象征，更是中华民族文化传承的象征。中华姓氏的演变发展史同样是中华"和"文化的集中体现，无论姓氏为何，华夏儿女大多认为自己的姓氏起源于炎黄二帝。正是因为中华儿女同宗炎黄，中华民族的身份认同得以确立，中华民族的优秀文化才得以继承，中华民族的民族凝聚力也在不断增强。

在我国姓氏起源的三大系统中，关于风姓，根据《左传·僖公二十一年》记载："任、宿、须句、颛顼、风姓也。实太昊与有济之祀，以服事诸夏。"① 而姜姓，根据《国语·周语》记载："齐、申、吕、许由大姜也。"② 而姬姓根据《史记·五帝本纪》记载："黄帝二十五子，其得姓者十四人。"③ 其《索隐》按《国语》胥臣云："黄帝之子二十五宗，其得姓者十四人，为十二姓，姬、酉、祁、己、滕、箴、任、荀、僖、姞、儇、依是也。"④ 其中有四人为二姓。五帝中的颛顼是黄帝之孙，昌意之子；帝喾，黄帝的曾孙；帝尧，喾之子；黄帝至帝舜已八世；夏禹是黄帝之玄孙，帝颛顼之孙；商有始祖契，他的母亲简狄是喾的次妃，也是黄帝的玄孙；周的先祖后稷，其母亲原是帝喾的元妃。可见黄帝之后的四帝及夏、商、周三代都是黄帝的后裔，其先祖均是黄帝。从而姬姓得到大的发展。又据刘文学统计，从秦嘉谟《世本·姓氏篇》所录的当时的主要姓氏 145 个，其中出于伏羲氏风（含风姓）姓的有 5 个，占 3.4%。出自炎帝姜姓（含姜姓）的有 30 个，占 20.7%；出自黄帝姬姓（含姬姓）的 110 个，占 75.9%。可见当时主导我国姓氏的是炎黄二族，而出黄帝系统的姓氏，已占居主要地位。据刘文学统计，当今流行的 100 个大姓中，出自伏羲氏风姓之后仅有任姓，而任姓的主

---

① 杨伯峻编著：《春秋左传注》，中华书局，1981，第 391~392 页。
② 徐元诰撰，王树民、沈长云点校《国语集解》，中华书局，2002，第 96~97 页。
③ 司马迁撰：《史记·五帝本纪》，中华书局，1959，第 9 页。
④ 徐元诰撰，王树民、沈长云点校《国语集解》，中华书局，2002，第 96~97 页。

流出自黄帝少子禺阳。出自炎帝姜姓之后的 13 个姓,其中 5 个姓,即高、谢、方、洪、龚,与黄帝姬姓系统的 5 个姓交叉,约占 13%,约有人口 6500 万。(占全国人口的 5%)出于黄帝姬姓之后的姓有 86 个,约占 86%,计有人口 9.74 亿,约占全国人口的 76%。当今流行的前 200 个姓氏中,出自炎帝姜姓系统的姓氏约占 10%,出自黄帝姬姓系统的姓氏约占 89%。当今流行的前 300 个大姓中,出自炎帝姓氏的有 25 个,占 8.1%,覆盖人口 8500 万,约占全国人口的 6.1,出自黄帝的姓氏 270 多个,占 90%,约占全国人口 82%。由此推测,中华姓氏中,出自黄帝姬姓系统的姓氏,无论在姓氏数量上,还是覆盖全国人口上,都在 90% 是不成问题的。① 可见在我国姓氏起源的三大系统中黄帝系统占绝对优势。当今世界的华人,几乎无不尊黄帝为始祖,认为我国民族的种族皆出自黄帝。这里除血缘的传承外,主要是文化上的认同。在中华民族的大家庭中除汉族以外很多少数民族也认为属黄帝后裔。如《楚世家》:"楚之先祖出自帝颛顼高阳。"② 高阳生称(即伯服),称生卷章(即老童),卷章生重黎、吴回,吴回在帝喾时主管火政,号祝融氏。吴回生陆终,陆终生昆吾、参胡、彭祖、会人、曹姓、季连等六子,分衍出己、董、彭、秃、妘、斟、芈八姓(祝融八姓)。其中,第六子季连(芈姓)的后裔鬻熊为楚国的开创者。又如《越

---

① 刘文学:《建设华人寻根基地,传承华夏文明》,《华夏源》,2012 年 10 月总 26 期。
② 司马迁:《史记·楚世家》,中华书局,1959,第 1689 页。

王勾践世家》:"越王勾践,其先禹之苗裔,而夏后帝少康之子也。"①《东越列传》:"闽越王无诸及越东海王摇者,其先皆越王勾践之后也,姓驺也。"②东越出自勾践,勾践出自夏禹,夏禹出自黄帝,一脉相承。甚至是向来被视为外夷的匈奴,司马迁也说:"匈奴,其先祖夏后氏之苗裔也,曰淳维。"③

在考察我国历史上秦汉以后的魏、辽、金、元、清等少数民族政权的时候,有一个值得注意的现象是,这些少数民族政权均明确表示自己是黄帝后裔。当这些少数民族入主中原,建立政权之后,均对民族融合问题采取了开放与包容的政策,在文化上认同中华文明,宗黄帝为共同的始祖,甚至会更改自己的民族姓氏为汉姓,积极推进少数民族与汉族的文化交融。在明、清两代皇宫——北京紫禁城(故宫)太和殿殿顶中央,有一浮雕蟠龙,口衔一球,名为"轩辕镜"。据传此镜为中华人文共祖黄帝所制,为中国最早的镜子,实为清室所制。清代制作此轩辕镜悬挂在帝王御座的上方,就是要以此表明中国历代皇帝都是轩辕氏的后裔,是黄帝的正统继承者。"轩辕镜"已成为民族凝聚力的一种象征性实物载体。

在认同中华文明这方面,最典型的例证正是北魏鲜卑族。《魏书》开篇就对鲜卑族与黄帝的渊源关系做了论证:"昔黄帝有子

---

① 司马迁:《史记·越王勾践世家》,中华书局,1959,第1739页。
② 司马迁:《史记·东越列传》,中华书局,1959,第2979页。
③ 同上书第2879页。

二十五人，或内列诸华，或外分荒服。昌意受封白土，国有大鲜卑山，因以为号，其后世为君长。"① 鲜卑族认为其祖先出自昌意，而昌意为黄帝之子，所以鲜卑遂与华夏族是同根同祖，共为黄帝后裔。而且据其自己的说法，鲜卑皇族的姓"拓跋"也和黄帝有着关联。《魏书·序纪》称："黄帝以土为德，而鲜卑族谓土为'拓'，称谷为'跋'，② 故鲜卑以'拓跋'为氏。"可见黄帝对周边少数民族的影响之深远。

古代少数民族为认同中华文明而改从汉姓，是一种普遍的文化现象，历代不绝。据调查，中国历史上曾出现过 6636 个两字以上的汉字姓，比 5319 个单字姓还多 1317 个，其中 5100 多个均为古代少数民族姓氏的汉译。但在今天尚在使用的两字以上的姓仅剩 250 个左右，而且 80% 以上是汉姓，古代少数民族所使用的复字姓现在仅剩下 50 个左右，其余 5050 个全都改从了汉姓。其改姓途径，或为帝王所赐；或是为了移居中原，适应新的环境；也有为了改善地位，便于交际；有的是汉族男子入赘而带入汉姓；还有的是因户籍登记时，由汉官填报为汉姓。北魏孝文帝时期，曾兴起过中国历史上最大规模的"汉化运动"，这一运动有一项就是改鲜卑姓为汉姓，这属于政治干预而改姓的例证。其中，鲜卑皇族改姓"元"，其他如改去斤为艾，贺鲁为周，柯拔为柯，叱罗为罗，拔拔为长孙，乙旃、丘穆陵为穆，步六孤为陆等，一

---

① 魏收：《魏书》，中华书局，2000，第 1 页。
② 同上。

共改了 144 姓；同时，定"鲜卑八姓"：穆——丘穆陵、陆——步六孤、贺——贺赖、刘——独孤、楼——贺楼、于——勿忸于、嵇——系奚、达奚、尉——尉迟。

中华民族是多元一体的共同体。姓氏是体现其共同语言、共同心理的最好方式。虽然历史上入主中原的少数民族上层阶层追认黄帝为始祖，或者改从汉姓，在当时出于一种政治策略，是为了消解被统治的汉族"非我族类"的心理障碍，达到与汉族获得同等地位的愿望，以巩固其统治地位。但在客观上，这种措施却对民族之间的相互融合、促进民族团结、消除民族隔阂取得了重要的作用。多元一体的中华民族大家庭在这种民族的不断融合中增强了彼此之间的凝聚力，进一步巩固了民族统一。

中华民族的形成，是炎黄子孙对共同祖先、同一血脉的认同，更是对中华文化的认同。文化是民族的血脉，中华文化是以炎黄二帝所建立的农业文明为基本特征的。农业文明为中华文化注入了"和"的思想，不仅体现在人与人、人与社会之间，更重要的是，它成为中华民族走向世界、展示民族魅力、学习其他民族优秀文化的基本原则。在当代，中华民族作为与国家、民族、地域、历史紧密相连的整体，正以一种更加开放包容的姿态与世界各民族平等对话。

(二)黄帝文化的当代意义

中华文化历经黄帝文化、华夏族文化、中华民族文化,在当代形成了新的中华文化。中华文化在"和"文化的继承和发展过程中,在当代又具有新的意义,这就是我们所提倡的在民族复兴基础上的尊重文化差异、增强文化自觉。文化是一个民族与国家凝聚力的集中体现,从当今世界发展的趋势来看,文化实力已经成为综合国力的重要指标。我们要树立文化自信,传承发扬优秀当代中华民族文化,同时,也应该对文化本身进行反思和总结。黄帝时期开创发展的"和"文化启示我们,文化的差异性是普遍存在的,这种差异既有历史的差异,也有地理空间的差异,因此,我们在追求文化多元发展的同时也要充分尊重各民族文化,将文化放在同等地位,在相互学习和补充中促进文化之间的融合与发展。中华民族的伟大复兴、中华民族的发展壮大要靠文化自信,世界文化的繁荣发展也需要我们以更加开放包容的姿态拥抱各民族文化。

文化自觉与民族复兴

"文化自觉"①是著名学者费孝通晚年提出并大力倡导的理念,是他进行一生学术反思的结晶。文化自觉,意思是生活在既定文化中的人对其文化有"自知之明",明白它的来历、形成的过程、所具有的特色和它发展的趋向。自知之明是为了加强对文化转型的自主能力,取得决定适应新环境新时代文化选择的自主地位。

文化是人类共同的精神财富,是一个民族共同的精神家园。在当前实现中华民族伟大复兴的历史背景和共同追求下,要有全民族的文化觉醒。中国文明之所以成为世界上唯一具有悠久历史却从未中断的文明,绝不是偶然的,有其自身深厚的根源,这与始于炎黄时代的文化基因息息相关。首先,中华文明起源于炎黄时代。人们通常所说五千多年的中华文明史,就是从炎黄时代算起的。要了解中华文化的来历和形成的过程,是离不开、绕不过炎黄二帝及其时代文化的;其次,中华文化的许多特色是从炎黄时代孕育的。"自强不息、厚德载物、以人为本、和而不同"等中华文化的基本精神,早在炎帝、黄帝及其同时代众多英雄的传说故事中已体现出来;第三,要探索

---

① 费孝通:《论人类学与文化自觉》,华夏出版社,2004,第149~150、180页。

与把握中华文化的正确发展方向,就要在由炎帝、黄帝肇始、经过五千多年来不断发展演变的优秀文化传统文化基础上,吸取世界文明的一切优秀成果,与时代精神紧密结合,坚持自主创新的原则。

　　回顾中华民族发展史和炎黄文化发展史,我们可以清楚地看到二者之间密不可分、双向互动的关系。有学者研究认为,中国历史上有五次尊崇黄帝的高潮,都与中华民族的命运紧密相连。第一次高潮是战国时期,华夏族与中华大地各族群加速融合,开始孕育中华民族;第二次高潮是西汉初期,汉民族形成并作为多元一体的核心和主体,对中华民族形成起了至关重要的作用;第三次高潮是清朝末期,西方列强入侵中国,中国逐渐沦为半殖民地半封建社会,此时中华民族面临亡国灭种的空前危机;第四次高潮是抗日战争时期,中华民族团结一致,英勇抗击日本帝国主义的疯狂侵略;第五次高潮是中国改革开放以来,中华民族意气风发地迈向伟大复兴。纵观历史演变历程,我们不难得出这样一个结论:炎黄文化是中国文化之根,是中华民族之魂。普及和弘扬炎黄文化,是促进文化自觉的需要,是增强民族认同的需要,是推动中华民族伟大复兴的需要。正如费孝通所说:"几千年来,炎黄二帝作为中华复兴和统一的象征,对于海内外中华儿女的民族认同和增强凝聚力、向心力,发挥了重大作用。"

　　炎黄文化作为中华民族的凝聚力、向心力,自进入改革开放新的历史时期以来,其作用比以往任何时期发挥得更加充分。1997年7月1日,香港回归祖国。为了纪念这一具有历史意义的日子,以告慰人文始祖在天之灵,香港各界人士在陕西黄帝陵前敬立"香港回归纪念碑"。时任香港特别行政区首任长官的董建华题写碑名。碑文说:"在此庄严神圣之时刻,我等炎黄子孙捐资立碑,鉴证历史,告慰先祖,长城起舞,黄河长啸,长江扬波,香江唱和,明珠焕彩,凤鸣龙吟,亿兆同庆,五洲瞻仰,立碑黄陵,刻石千古,定国铸魂,万世流芳。"1999年12月20日,澳门回归祖国。澳门各界人士在黄帝陵前立"澳门回归纪念碑"。时任澳门特别行政区首任长官何厚铧题写碑名,碑文说:"澳门同胞共议建碑,勒石告慰始祖轩辕,莽莽神州,巨龙腾飞。日月增辉,谱写新篇、两岸统一,人民之愿。中华文明,亿万斯年。"香港、澳门同胞欢庆回归,感念先祖,盼望祖国统一昌盛之情跃然碑上。宝岛台湾,炎黄文化传播久远,长期以来,台湾同胞也一直以炎黄子孙自称。

费孝通把文化自觉的历程概括为四句话十六个字:"各美其美,美人之美,美美与共,天下大同。""各美其美"是说不同文化的人们要热爱自己的文化,这是文化自觉的起点;"美人之美"是要看待自己文化长处的同时,也要看到其他文化的长处;"美美与共"是不同文化要互相尊重,和平共处;"天下大同"是要朝着构建多元共存的和谐世界方向努力。对于我们中华民族来说,文化自觉的发展历程,离开了对于炎黄文化的认识和理解。随着中国在世界上经济、政治地位的提升,世界需要了解中华文化,中华文化需要走向世界。显然,我们不仅要在海内外炎黄子孙中进一步普及炎黄文化,还要向世界各国人民准确、通俗而又以他们喜闻乐见的形式介绍炎帝、黄帝及其时代文化的基本知识,这是炎黄子孙文化自觉的重要表现。

中国共产党第十七届六中全会通过的《中共中央关于深化文化体制改革、推动社会主义文化大发展大繁荣若干重大问题的决定》中,明确提出要"培养高度的文化自觉和文化自信,提高全民族文明素质,增强国家文化软实力,弘扬中华文化,努力建设社会主义文化强国"。中华民族的复兴,首先要有中华文化的复兴。文化自觉、文化复兴不是文化复古,而是要在文化寻根的基础上发展创新,推进中国特色社会主义文化的大发展大繁荣。国家软实力与硬实力都不可或缺。在当今时代,软实力越来越显示其重要作用。国家软实力从根本上说就是文化。作为中华民族一分子,应当是自觉的中华文化传承人。只有实现"文化自觉",才能紧紧把握住中华文化之根和中华文化之魂,不断推进中华文化的传承创新。

炎黄文化与中国梦

2012年11月29日,习近平率所有政治局常委参观国家博物馆举办的《复兴之路》展览时指出:"实现中华民族伟大复兴,就是中华民族近代以来最伟大的梦想。""现在，我们比历史上任何时期都更接近中华民族伟大复兴的目标，比历史上任何时期都更有信心、有能力实现这个目标。"

自1840年鸦片战争以来，中华民族蒙受了百年外族入侵，中国人民遭受了极大的灾难和痛苦。每一位在那苦难中挣扎的中国人，最渴望的就是民族独立；而如今，沐浴在幸福生活中的我们，梦寐以求的就是中华民族走向伟大复兴，永远屹立于世界民族之林。把实现中华民族伟大复兴概括为"中国梦"，生动地反映了历史的真实，恰当地表达了海内外炎黄子孙的心声，极大地鼓舞了广大人民群众，并在全世界引起强烈反响。

每个国家，每个民族，以至于每个人，都有自己的追求。追求就是奋斗目标，有追求才会有前进的动力。没有追求，就不可能前进。"路漫漫其修远兮，吾将上下而求索"，这种"上下求索"的精神就是追求。两千多年前，屈原为了追求楚国的富强和生民的安乐，而不畏前进道路艰难险阻，深深影响了后世尤其是广大知识分子。

自汉唐以来，中华民族的文化曾如耀眼的明珠，为世界文明做出了突出贡献。直到18世纪末期，中国经济总量仍位居世界第一位。然而，1840的鸦片战争，特别是甲午战争中国战败以后，中华民族受尽屈辱，积贫积弱，几乎达到亡国灭种的悲惨境地。中国逐渐沦为半殖民地半封建社会的历程，也就是开始民族复兴中国梦的历程。爱国诗人丘逢甲在台湾割让给日本后，曾赋《往事》诗："往事何堪说？征衫血泪斑。……不知成异域，夜夜梦台湾。"丘逢甲的梦，是祖国统一的梦，也是民族复兴的梦。这不仅是他个人的梦，也是台湾人民以至于全体炎黄子孙的梦。孙中山提出的"振兴中华"口号，更反映了广大民众的中国梦。其后的辛亥革命、五四运动、抗日战争，都是朝着民族复兴的目标前进。

中国共产党是实现民族复兴中国梦的中坚力量。中国共产党的历史就是不断探索中华民族复兴之路的历史。在中国共产党领导下，中国人民取得新民主主义革命的胜利。中国共产党成立以来，特别是改革开放以来，坚持中国特色社会主义道路，国家经济持续快速发展，中国一跃成为世界第二大经济体，人民生活水平明显改善，国际地位空前提高。然而，中国人均国内生产总值仍然远远落后于发达国家，还存在着很大差距，我们决不可满足已经取得的成就。中国共产党在领导中国人民逐梦过程中，经历了各种艰难挫折，今天中华民族伟大复兴从来没有这样临近。

中华民族伟大复兴的中国梦，不是空洞的口号，而是有宏伟的目标，这就是"两个一百年"：中国共产党成立一百周年时，全面建成惠及十亿人口的小康社会；到中华人民共和国成立一百周年时，也即21世纪中叶，建成富强、民主、文明、和谐的社会主义现代化国家。

中国梦富有深厚的文化内涵。实现中国梦必须走中国道路，弘扬中国精神，凝聚中国力量，这是文化自觉的必然选择。实现中国梦必须有强大的文化支柱，必须建设社会主义文化强国，提高全民族的文化自觉与文化自信。在实现中国梦的过程中，必须进一步发挥炎黄文化对提高全民族文化自觉与文化自信，增强海内外炎黄子孙凝聚力、向心力的重要作用。

中国梦是整个中华民族的梦，它是每个海内外炎黄子孙的梦。中华民族伟大复兴的梦想，只有在中华民族伟大复兴的进程中去逐步实现。

世界文化和谐共进

当前，我们所面临的全球化已经不仅仅体现在经济、政治层面，更体现在文化层面。各民族之间文化差异共存、文化多样性融合已经成为当今世界文化发展的重要趋势。

世界文化，或者说是中西方文化存在着明显的差异，这是一个不争的事实。从文化角度来看，文化的复杂性表现在：第一，任何文化都是一个单一要素构成的简单体，文化必然是多元文化，包括子系统和亚文化的共同体；第二，文化存在时空上的差异，文化随着时间的递进而不断发生着，在空间方面，不同地域的文化因地理环境的不同呈现出诸多差异；最后，文化是有特定语境的，不能简单地将文化定义为落后或是先进，文化应当是特定时期的产物。尊重文化的差异性和历史性，是推动文化发展和树立文化自信的前提。

自黄帝确立了天下共主的地位,就奠定了中华民族的文化必然是以农业文化为主,同时融合了游牧民族以及周边氏族优秀文化的一种综合文化。这种中国传统文化有着强烈的伦理特性,具体来说,就是中国传统文化的伦理是以人的先天身份地位、封建等级关系、血缘关系、情感关系和宗法关系为基础的,是一种东方家本位的伦理文化。在中国传统社会,农业经济是社会经济的主导形式,农业生产的稳定培育了中国文化中天人合一、安土重迁的思想,并且形成了重要的"礼"文化。它强调人与人、人与社会之间的和谐共存,这对维护人与人之、人与社会之间的关系产生了巨大作用。不可否认的是,在漫长的封建社会时期,这种伦理文化维护了社会的稳定和发展,为中国传统文化的发展奠定了坚实的基础,但同时也对人的个性的自由和创造性造成了很大的压抑。自西方工业革命以来,西方以工业文明为基础的现代文化对中国传统文化产生了很大的冲击,中西方文化在近代以来不断尝试着对话与融合。中国人历来重视宗法制,以宗法约束人的行为的基本准则,也造成了民主和法制化的滞后。在西方社会,社会经济以航海经济为主,自然环境的挑战使得西方人崇尚个人主义和英雄主义,强调民主和法制的精神,这对中国宗法制社会是有益的补充。中国文化主要是感性经验为主,而西方文化则注重理性精神和人本精神,崇尚科学。梁漱溟先生在《东西文化及其哲学》中谈道:"大约在西方便是艺术也是科学化;而在东方便是科学也是艺术化……科学求公例原则,要大家公认证实的;所以前人所有的今人都得有,其所贵便在新发明,而一步一步地脚踏实地,逐步前进,当然今胜于古。艺术在乎天才密巧,是个人独得的,前人的造诣,后人每觉赶不上,其所贵便在祖传秘诀,而自然要叹今不如古……明白这科学艺术的分途,西方人之所以喜新,而事实日新月异;东方人之所以好古,而事事几千年不见进步,自足无怪。"①西方重视个人的独立和自由,而中国人却没有从群体中独立出来。"总而言之,据我看西方社会与我们不同所在,这'个性伸展社会发达'八字足以尽之,不能复外,这样新异的色彩,给它个简单的名称便是'德谟克拉西(democracy)'。……所有的西方化通是这'德漠克拉西'与前头所说的'科学'两精神的结晶。"②

因此,从文化的角度看,世界文化确实存在着诸多差异之处,差异是造成文化冲突的起源,但又是各自有益的补充,从现实需要和世界文化的发展趋势来看,当代文化发展的方向就是要尊重文化之间的差异,以及种族差异、传承差异等等,注重文化发展的多样性,在共同融合和学习中不断进步。黄帝时期对各民族优秀文化的继承和创新启示我们,世界文化的融合绝不是各民族文化的简单拼凑,而是在充分吸收各民族优秀文化成分的基础

---

① 梁漱溟:《东西文化及其哲学》(第二版),商务印书馆,1999,第35页。
② 同上书,第39页。

上产生的新文化。这就要求我们充分了解各民族文化的特质,贯通中西,以开放包容的姿态来对文化进行勇敢创新,促进世界文化的共同进步,共同繁荣。

参考文献

1. 鲁谆，高强. 炎黄文化读本 [M]. 北京：人民出版社，2014.
2. 袁珂. 中国神话史 [M]. 重庆：重庆出版社，2009.
3. 袁珂. 中国神话传说——从盘古到秦始皇 [M]. 北京：世界图书出版公司，2012.
4. 李学勤，张岂之总主编. 炎黄汇典（八卷本）[M]. 吉林：吉林文史出版社，2002.
5. 王俊义，黄爱平编. 炎黄文化与民族精神 [M]. 北京：中国人民大学出版社，1993.
6. 湖北省炎黄文化研究会编. 炎黄文化与现代文明 [M]. 武汉：武汉出版社，1993.
7. 黄爱平，王俊义编. 炎黄文化与中华民族 [M]. 北京：中国人民大学出版社，1996.
8. 苏秉琦. 中国文明起源新探 [M]. 沈阳：辽宁人民出版社，

2009.

9. 许顺湛 . 五帝时代研究 [M]. 郑州：中州古籍出版社，2005.

10. 王震中 . 中国文明起源的比较研究 [M]. 北京：中国社会科学出版社，2003.

11. 张新斌，张顺朝 . 颛顼帝喾与华夏文明 [M]. 郑州：河南人民出版社，2007

12. 霍彦儒 . 炎帝·姜炎文化与和谐社会 [M]. 西安：三秦出版社，2007.

13. 霍彦儒 . 炎帝·姜炎文化与民生 [M]. 西安：三秦出版社，2010.

14. 黄帝陵基金会 . 黄帝文化志 [M]. 西安：陕西人民出版社，2008.

15. 刘文学 . 黄帝故里通鉴 [M]. 郑州：中州古籍出版社，2006.

16. 高沛 . 嫘祖文化研究 [M]. 北京：文物出版社，2007.

17. 中国民主同盟中央委员会、中华炎黄文化研究会编 . 费孝通论文化与文化自觉 [M]. 群言出版社，2005.

18. 高强 . 炎黄子孙称谓的源流与意蕴 [M]. 西安：三秦出版社，2006.

19. 鲁谆、王才、冯广裕主编 . 龙文化与民族精神 [M]. 上海：上海人民出版社，2000.

20. 张笑恒编著 . 神秘的龙文化 [M]. 北京：西苑出版社，

2007.

21. 张新斌，刘五一. 黄帝与中华姓氏 [M]. 郑州：河南人民出版社，2013.

22. 梁漱溟. 东西文化及其哲学（第二版）[M]. 北京：商务印书馆，1999.

23. 黄帝陵基金会编. 黄帝祭祀与中国传统文化学术研讨会论文集 [C]. 西安：陕西人民出版社，2007.

24. 陕西省公祭黄帝陵工作委员会办公室编. 黄帝旗帜·辛亥革命与民族学术研讨会论文选集 [C]. 西安：陕西人民出版社，2011.

25. 中国炎黄文化研究会、河南省炎黄文化研究会、濮阳市人民政府编. 龙文化与现代文明学术研讨会论文集 [C]. 北京：中国经济文化出版社，2009.